學伴蘇菲亞

年度暢銷作者

藤井樹 Hiyawu

的第一本電影小說

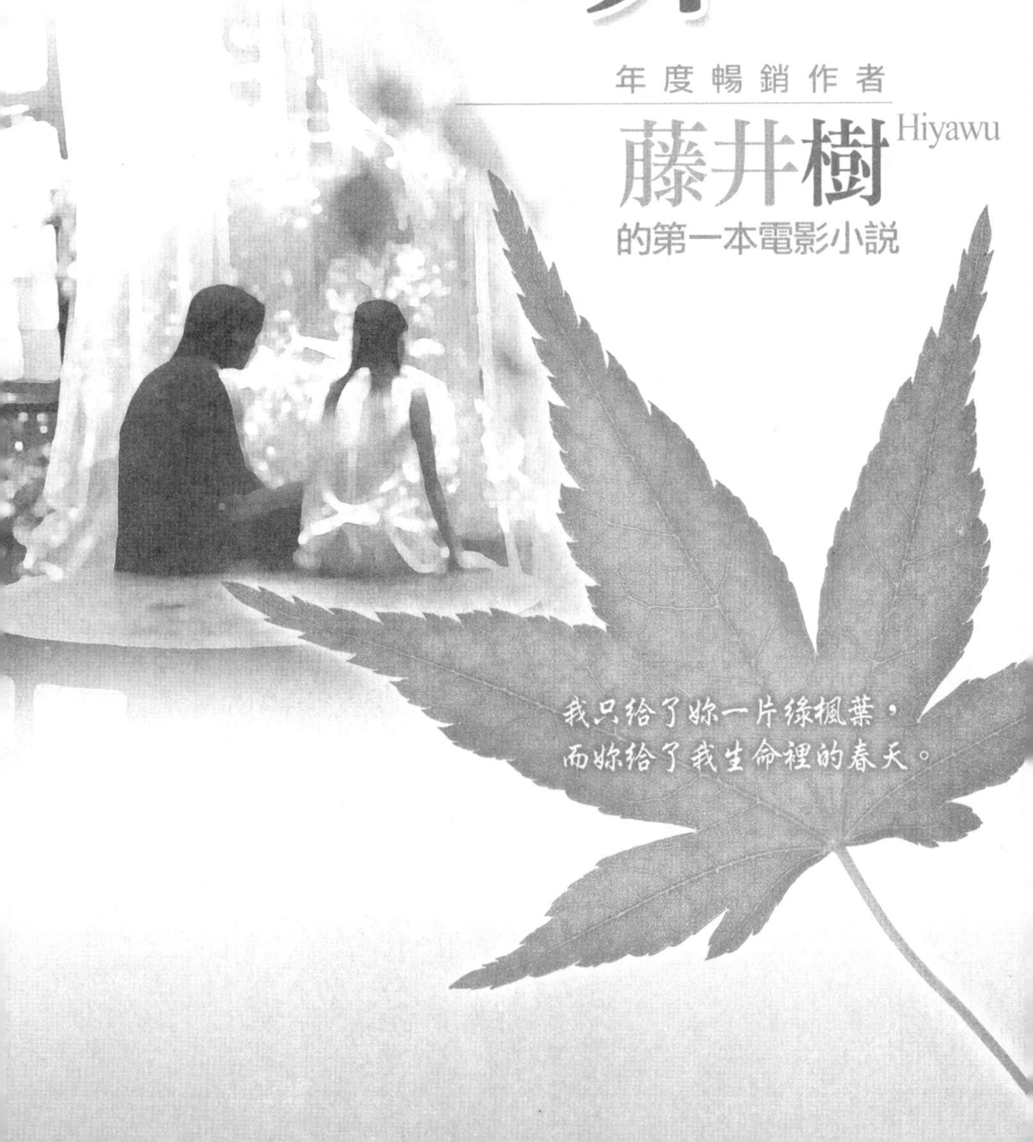
我只給了妳一片綠楓葉，
而妳給了我生命裡的春天。

推薦序

學伴藤井樹

寫小說和拍電影都是在講故事，都是對真實世界有所意見，然後透過一種虛擬的方式，有時候是電影，有時候也可以是小說、戲劇，虛擬一個真真假假的世界，來反應自己的觀察。

我們都是講故事的人。

和藤井樹認識是因為我們都是天下雜誌夢想300特刊的受訪者，我的電影小說《台北二一》即將出版（當時尚未得到亞太影展最佳影片），我希望藤井樹能推薦《台北二一》，電話中他一口答應，同時約了碰面。

初次見到他的印象，直覺他乾淨得像言情小說裡走出來的人物，簡單的球鞋、T恤和牛仔褲，梳理合宜的髮型和斯文的眼鏡，一派謙和的態度。當我滔滔不絕地講述我那猶如在爛泥巴裡打戰的電影路時，他默默傾聽；等我口乾舌燥喝水解渴的空檔，他才不疾不徐地回應：我喜歡電影，電影是我的夢想，只要能學到東西，我都願意配合。

他不但幫我推薦了《台北二一》，還掉進《我的逍遙學伴》這部新片的籌畫、

我只給了妳一片綠楓葉，
而妳給了我生命裡的春天。

拍攝到行銷過程裡，一整年的時間都陪著我。

創作經常會把你的日常生活拖進虛構的世界裡面，每當我在寫劇本時，周遭的人、事、物，常常會變成故事裡的元素，有時候是一句話一件事，有時候是一個朋友的行為，甚至是這個朋友的狀態……

藤井樹或多或少地跑進我的電影。

這並非說藤井樹演出某個劇中角色（實際上他有參加演出，而且表演潛力驚人，經常一次OK），而是和他這段時間的接觸交往，讓我對劇中男主角東東，這個虛構人物的狀態有更深入的理解和反芻。

陳子東是個再平凡不過的大學生，唯一不那麼平凡的是他念哲學系，他想要創作，成為一個小說家。他嘔心瀝血的作品無人聞問，當他用抄襲拼貼的作業得到手機文學大獎時，他成了校園裡的英雄、時下年輕人的偶像，出版社找他出書、導舞台劇，還邀請校花蘇菲亞擔綱演出女主角，蘇菲亞是他夢寐以求的對象，即使他已經有個女友安安。

藤井樹當然不是東東！不過我們又都是東東，或我們曾經，或將會是東東。因為一個社會如果讓年輕人覺得玩真的沒有用，玩假的才能成功，這個社會的未來是很值得擔憂的，不巧臺灣目前正是這樣的社會，就像東東在劇中說的：玩假的才會得獎，像我們玩真的，一點機會也沒有！真實世界如幽靈般地跑進電影，電影亦如鏡子一樣反射出真實世界的殘酷，這種殘酷不啻是對創作、夢想和真假的莫大反諷。還好在虛構世界裡，我們可以輕易地挽救一些東西回來，讓殘酷少一點、希望多一點。最後，東東體認到真情的重要，慢慢靠向一個人，那個人就是藤井樹。

藤井樹只有浪漫嗎？

雖然他很年輕、很科技、很網路、很有想像力也很無厘頭，不過他又有老派文人的溫文儒雅、重情講義，非常講求紀律與自我管理，同時對人情世故的理解和應對，有著超齡的成熟。當他因為網路小說爆紅之後，文學界對他的攻擊從未間歇，他卻能處之泰然，因為他執著於用自己的觀察描寫自己理解的年輕世代。當他從校園步入社會，他的作品很自然地也跟著走進社會，開始有著世俗的滄桑無奈與冷嘲熱諷。這時，有人質疑他改變題材和風格的小說會不再暢銷，他卻堅信讀者也在成長，也從校園步入社會，而依舊留在校園的廣大讀者，不見得會排斥看到他的成長與改變，他決定忠於自我。

結果改變題材與風格的書依舊大賣，因為當其他人汲汲營營於創造個人虛偽品牌價值來增加上節目時段時，他已經忠實地感受到自己的變化，並化作創作的靈感與動力，迅雷不及掩耳地交出新的作品。

我只給了妳一片綠楓葉，
而妳給了我生命裡的春天。

《學伴蘇菲亞》就是這樣產生出來的。

當我提出「我的逍遙學伴」這個故事，要用一個故事兩種寫法，藤井樹寫小說，與楊順清拍電影的方式來完成時，他的回應依舊：我喜歡電影，電影是我的夢想，只要能學到東西，我都願意配合。他把這本小說的創作當作是一種全新的挑戰，一種和電影對話的樂趣。結果，當我看了小說初稿，我簡直不相信我的眼睛，《學伴蘇菲亞》擺脫電影拍攝的局限，將人物的表現和情節的轉變，用二十一世紀的網路速度來狂飆！既情色逗趣又溫暖動人，這不是我當初想拍出來的電影嗎？

可惜的是，《我的逍遙學伴》已經殺青剪好了。

我必須承認年輕人屌！不！應該說像藤井樹這樣的年輕人真屌！我想我們都很慶幸找對人了，楊順清完成了電影，藤井樹也完成了小說，我們都送給對方一個很棒的禮物，雖然這兩份禮物長得不太一樣，不過都讓對方驚艷。

當我寫email向藤井樹道謝時，他寫下這段話：

我從來都不曾認為這個案子是你幫我還是我幫你，我一直都認為這是一個漂亮的組合，就像是雙人沙灘排球，沒有你漂亮的做球，我也無法扣殺。而且你所強調的「玩真的」三個字，真的震撼了我。自從我開始碰觸影劇以來，跟許多電視台有過接觸，我很認真地看待雙方的「做球與殺球」的關係，但每當我已經躍起，才會

學伴蘇菲亞

■推薦序

發現他們根本還沒開球。也就是說，一直以來都只有我玩真的。所以你說的對，我們都找對人了。這真是值得拍拍手的一件事。

認識藤井樹以前，我跟大家有著一樣的偏見：他真是一個幸運的年輕人。認識藤井樹以後，我常常思考一個問題：如果藤井樹當年爆紅的小說也是抄襲拼貼出來的話，那現在的藤井樹會是怎樣呢？我相信他終究會跟劇終時的東東一樣，勇敢地追求真情！因為他從不靠運氣，他靠的是不斷地自我反省，他會隨時打破自己再慢慢癒合，為的是讓自己具備勇氣、更加堅強。現在，我會說他真是一個很特別的年輕人，他用了解時下年輕人的敏銳觀察虛構了一個年輕人喜歡的世界，而且他從不會在小說裡說教，他只是跑進自己的小說裡，讓大家喜歡小說裡那個特別的年輕人，那個漫不經心卻又有著夢想、追逐夢想的年輕人。

藤井樹還是挺浪漫的！因為誰會一下跑進小說，一下又跑進電影，讓生命如此豐富有趣？對了！豐富有趣就是他創作的使命，假戲換真情，青春任逍遙，一切都能是假的、好玩的，不過裡面的感情要是真的。

這就是藤井樹，就是《學伴蘇菲亞》，就是《我的逍遙學伴》。

楊順清

（本文作者為二〇〇四年亞太影展最佳影片《台北二一》導演）

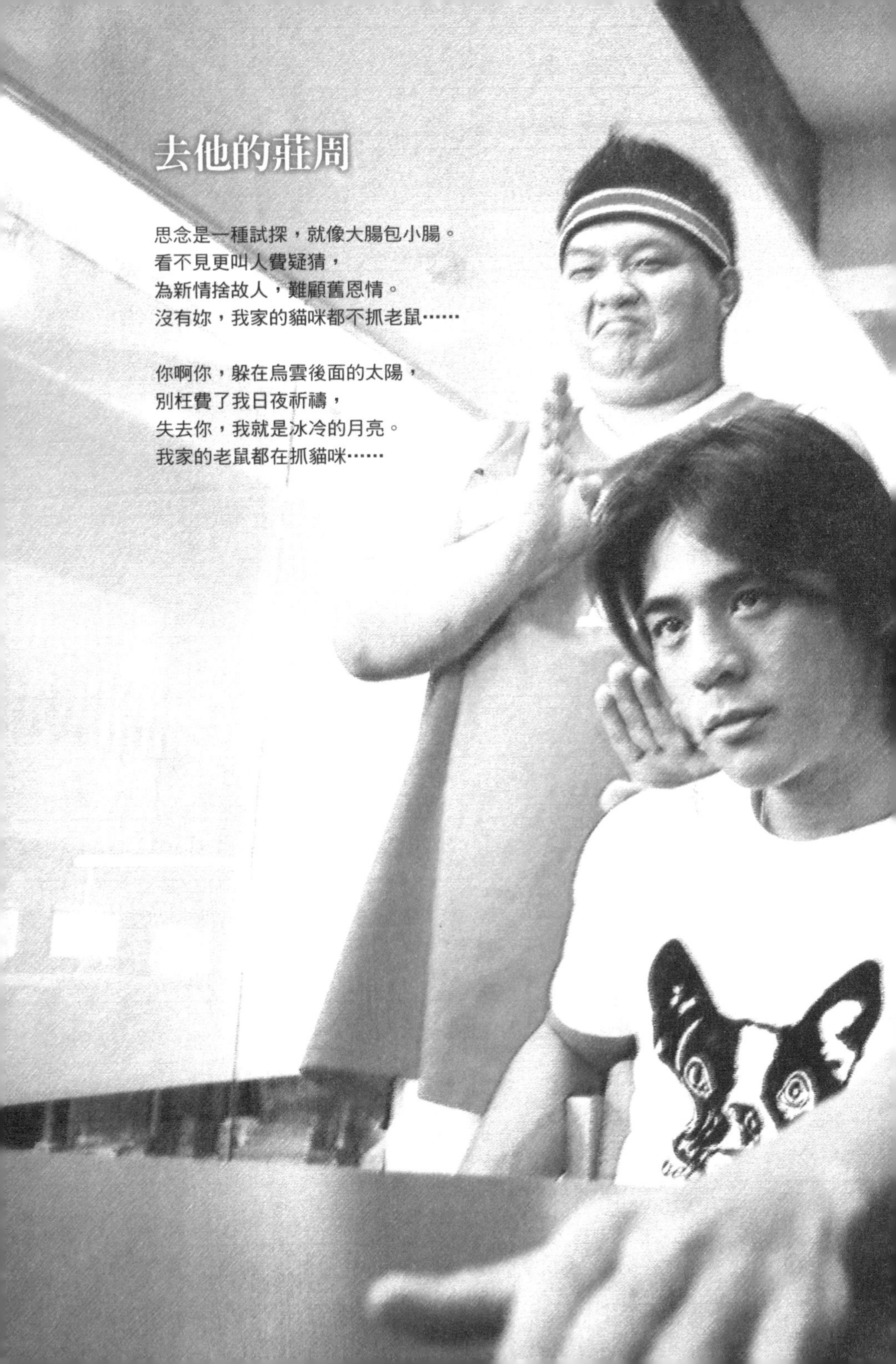

去他的莊周

思念是一種試探，就像大腸包小腸。
看不見更叫人費疑猜，
為新情捨故人，難顧舊恩情。
沒有妳，我家的貓咪都不抓老鼠……

你啊你，躲在烏雲後面的太陽，
別枉費了我日夜祈禱，
失去你，我就是冰冷的月亮。
我家的老鼠都在抓貓咪……

01

我不知道我怎麼紅的，而且是一夜之間紅上了天。你先搞清楚我現在所謂「紅」的程度，你才有辦法繼續聽我把這故事說完。這紅的程度是怎樣呢？是紅到電視台記者還有SNG車加上許多平面媒體通通都在我的宿舍門口準備堵我不說，所有系上班上包括不認識的同學學長學姊學弟學妹們通通都擠在宿舍門口等我的地步。

天曉得我到底幹了什麼事？爲什麼早上竟是被那種「陳子東，你是我們的偶像！」、「陳子東！你是神！你是不可思議的神！」的呼喊聲吵醒？然後宿舍電話嚴重佔線，一堆電話打來問我東問我西，拚命敲打我房門的人愈來愈多，在宿舍房門外暫時抵擋人潮的室友大砲也快要宣佈失守，另一個室友小管則是拚命打電話搬救兵來營救我們三個，我們就像在長坂坡硬是要殺出一條血路逃出生天的趙子龍，但沒有任何一個救兵進得來。

這下糟糕。我們就這樣被困在房間裡大約有一個小時之久，再不想辦法的話，可能會被困在原地一整天，大砲跟小管見情勢不對，立刻舉白旗

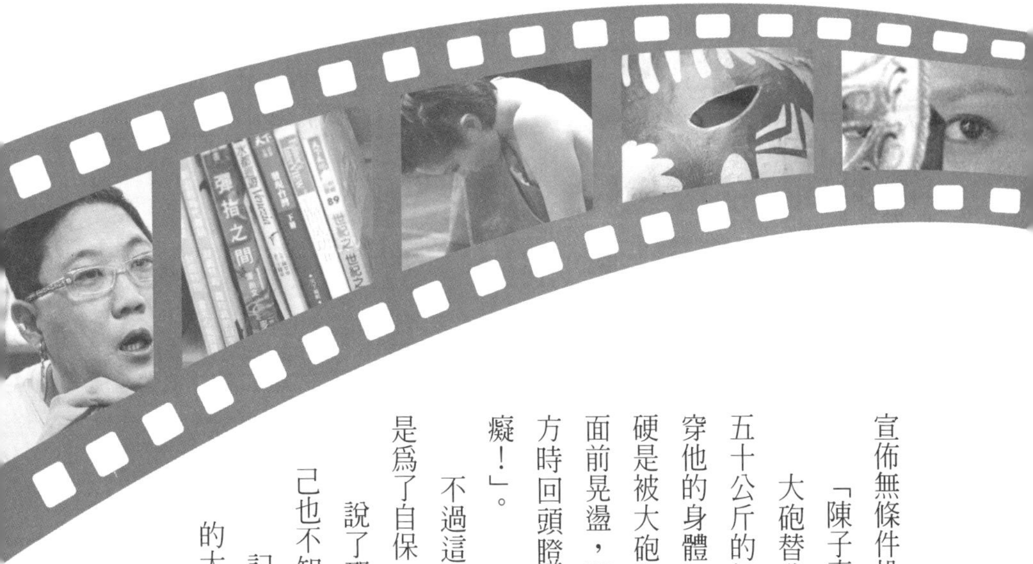

宣佈無條件投降，並且交出人質一名，那就是我。

「陳子東出來了！大家別擠！別擠！讓一讓，讓一讓！」

大砲替我開路，小管替我推開擋路的人。我在大砲龐大身軀接近一百五十公斤的保護下還是完全沒有安全感；小管在我的旁邊已經快被人群貫穿他的身體，因爲他瘦得只有五十公斤。我還在完全不明白狀況的情形下硬是被大砲跟小管推上前線，我周遭圍滿了人群和記者，一堆攝影機在我面前晃盪，閃光燈閃得像是我提早當選二〇〇八年總統。我在被推到最前方時回頭瞪了大砲跟小管一眼，心裡頭暗罵幾聲「幹！這兩個沒用的白癡！」。

不過這也不能怪他們，他們在房間門口差點慘遭人潮滅頂，推我出來是爲了自保，也順便了解一下，爲什麼我突然間這麼「紅」。

說了那麼多，到最後還是不知道我爲什麼這麼「紅」？說眞的我自己也不知道。

記者問：陳子東同學，你得到「二〇〇五年全國手機文學大賞」的大獎有沒有什麼感想？

我當下一頭霧水，只想回問他一句，「什麼是二〇〇五年全

國手機文學大賞？」但我沒有說出口。

記者又問：陳子東同學，你以區區二十一歲的年紀就打敗當今臺灣第一名的網路小說家藤井樹拿到大獎，心裡是什麼感覺呢？

我當下更是一頭霧水地想回問他一句，「藤井樹？你是說那個自以爲永遠天下第一的魔王嗎？我什麼時候打敗他了？」但我還是沒有說出口。

記者繼續問：陳子東同學，許多老一輩的名作家都對網路小說嗤之以鼻，而藤井樹的作品更是令他們罵聲不斷，這一次聽說你打敗了他勇奪第一名，他們都非常高興，你對於這點有什麼看法嗎？

我當下還是一頭霧水地想回問他一句，「那是他們之間的戰爭，干我屁事？」但我仍然沒有說出口。

記者再問：陳子東同學，你這次得到大獎之後，有沒有什麼後續的計畫呢？

我當下依然一頭霧水地想回問他一句，「到底是什麼大獎啊？獎大到要有後續的計畫喔？」但我依然還是沒有說出口。

正當下一個記者要再提問時，我以尿遁方式拖著大砲跟小管趕快閃人。在逃離現場的同時，只看見某某電視台的記者對著攝影機說：「好的

主播各位觀眾，新的大獎得主陳子東同學現在要去上洗手間，我們必須稍等幾分鐘之後再繼續訪問他，不過陳子東同學可能還不習慣與媒體招呼的方式，竟然以上洗手間這種理由來試圖打發媒體，我想這是他成名之後首先必須學習的。我們先將鏡頭交還棚內主播。」

銬夭！這記者是哪一台的？怎麼這麼說話？

我跟大砲還有小管躲在同一間廁所裡，空間狹窄到幾乎無法呼吸，大砲龐大的身軀硬是佔掉了大部分的空間。我們像是未滿十八歲，躲在學校廁所偷抽菸的高中生，只是我們吸的不是菸，而是廁所的鹽酸味。

「大砲，你別跟我們躲在裡面，快去到處問問到底發生了什麼事！」我被擠得快喘不過氣地說著。

「銬！為什麼一定要我去？」他抗議著！

「不是你不然還是我們啊？你看看我們哪出得去？」小管痛苦地說。

大砲不情不願地離開廁所之後，世界突然間變大了許多。沒多久大砲回到廁所敲門，但我們不確定他就是大砲，於是要求他說出通關密語。

「陳子東跟管建威是王八蛋！」他說。

嗯，沒錯，這確實是大砲。

大砲跑到學校裡的全家便利商店，買來一份當天的報紙，上面有一篇關於我的報導，標題是斗大的幾個字：

中正大學之光——

陳子東擊敗藤井樹勇奪二〇〇五年手機文學大賞首獎

上面還有我的高中畢業照。另一邊則是藤井樹的照片，他被拍到騎摩托車沒戴安全帽，標題是「落魄小說天王，違規騎乘機車躲避媒體」。

新聞的內容是這樣寫的：

由中華電信舉辦的二〇〇五年手機文學大賞比賽，已於昨日宣佈得獎名單。由於獎金豐厚，而且事關中華電信將企業版圖跨至舞台劇及電影等戲劇界的成功與否，所以得獎者格外受到矚目。

據中華電信官方資料顯示，第一名的得主除了能夠得到最高獎金一百萬元之外，得獎作品還能獲得由商周出版無條件印製出版的機會，最重要的是，還能夠得到由中華電信全額補助，將作品拍攝成舞台劇等等的多項權利。

而在比賽截止之前，記者們曾經訪問過商周出版的王牌小說家藤井樹，關於參加這次比賽的自我期望爲何，他以自信的口吻回答我們，他有信心拿下第一名。

由這幾年的成績來看，藤井樹對他自己的信心似乎是有道理的。因此，外界呼聲最高的冠軍得主一直是吳子雲，也就是網路小說天王藤井樹。但在昨天得獎名單公佈之後，藤井樹意外地只得到第二名，而第一名的榮耀竟然是由年僅二十一歲的國立中正大學哲學系三年級的陳子東獲得。他以一篇〈去他的莊周〉，從藤井樹手中奪下第一名……而藤井樹本人在昨天晚上公佈得獎名單之後隨即關機，記者目前連絡不上他……

我、我、我幹！

是哪個白癡把我那篇亂七八糟胡說八道天花亂墜文不對題而且有部分

內容是直接抄自 Google 搜尋網頁的「期中報告」寄給那個什麼鬼中華電信的？

期中報告都能得獎？這是什麼世界啊？

02

「是我寄的啦。」面對我的責罵，安安垂著眉委屈地說。

安安是我的女朋友，全名叫作方曉安。她是個很不錯的女孩子，除了比較怕寂寞之外。

「妳閒著沒事寄我的報告去比賽幹嘛？」我繼續責問她。

「你先別這麼生氣嘛。」她拍拍我的胸部，要我先消消氣。「我覺得你有寫東西的天分啦！只是沒有機會給你發揮而已。所以我一知道有這個比賽，我就幫你把東西寄出去啦！你看，得獎了耶。這表示我的看法跟直覺是對的，你眞的有寫東西的天分。」

「那妳也寄別的嘛！幹嘛寄那篇期中報告？」我說。

「我不知道那是你的期中報告啊。你的文件夾裡有那麼多檔案，你的檔名也沒寫是期中報告啊！有人會像你一樣，把期中報告的檔名取作〈去他的莊周〉嗎？」

「因爲莊周不但囉嗦而且矛盾，搞個什麼大劈棺，什麼搧墳，要測試

自己老婆田氏的忠誠……哎呀！那不是重點啦！我是要跟妳說，文件夾裡面的東西那麼多，妳幹嘛寄那一篇？」我顯得有些激動。

「我每一篇都寄了。」安安嘟著嘴。

「什麼？」

「我每一篇都寄了。」

「每一篇？」

「對。」

「我那些得意之作，那個那個……〈嫦娥幹嘛住在月亮上？〉、〈充滿痔瘡型病痛字眼的請假單〉、〈一百種意淫相對論〉，還有那篇我最喜歡的〈我們不結紮，好嗎？〉，這些妳全都投了？」

「對，我全都投了。一共十七篇。」

「結果只有一篇得獎？」我竟然略顯失望。

「對，只有一篇得獎，你最喜歡最得意的那篇〈我們不結紮，好嗎？〉連佳作都沒排上。」

「怎麼可能？那篇那麼地優秀！」我搥胸頓足！

「就是沒排上。」

「第一名是我，第二名是藤井樹，第三名呢？第三名的作品難道有〈我們不結紮，好嗎？〉優異嗎？」我非常匪夷所思。

「我不知道。第三名的作品名稱叫作〈我想念那個春天〉，得獎者是一個叫『屌面人』的人。」安安說。

「屌面人？這是什麼鳥名字啊？」

「它不就是鳥名字嗎？」安安奇怪地問著。

「……」

這時電視播出了有關手機文學大賞的新聞，我在螢幕裡看見自己的名字和影像。這時我心裡不免開始擔心害怕起來……

「你看你看，那是你耶！你在電視上也一樣帥喔！」安安興奮地拉著我的手跳著。

隨著新聞一個字一個字播報出來，我心裡的恐懼愈加深切。

「你怎麼在發抖呢？子東，你怎麼了？」安安摸摸我的臉，有些擔心地問著。

「沒、沒事！我只是在高興……」

「真的嗎？」她笑開了顏，高興地親了我幾下。

「眞的。眞的……」我嘴裡說眞的，心裡說完了。

因爲〈去他的莊周〉是我從Google上面段落截取、部分剪貼別人部落格還有新聞台文章的報告。

也就是說，那是抄襲的。幾乎全部都是抄襲的……

電視播完我的得獎新聞後，又播出了藤井樹今天再一次違規騎乘機車閃避媒體的畫面，他今天不只沒戴安全帽，還逆向行駛。

記者這幾天盯藤井樹盯得很緊，聽說他比賽前曾經誇口說，如果手機文學大賞沒有拿到首獎，他要裸奔高雄市中正文化中心一圈，所以記者不斷地要追問他到底把裸奔日期定在哪一天。我想那天SNG車會癱瘓高雄市中正文化中心附近的交通。

天啊！如果是這樣，那我不就完了？一些立委議員抄襲碩博士論文拿到學位的新聞都已經被劈得亂七八糟了，那抄襲的得獎作品不就……

「子東！我問你我問你，」安安的聲音把我從那深深的恐懼當中給拉回來，「我問你喔，你這次的得獎獎金有一百萬，你打算要怎麼花啊？」

「呃……我還沒打算耶！」我還在那害怕的情緒當中。

「我們回去我們兩個決定在一起的地方度假三天好不好？」安安靠在我的肩膀上說。

「喔……好。好……」我說。

我把視線轉回我的電腦，然後打開文件夾，再打開那篇〈去他的莊周〉。

思念是一種試探，就像大腸包小腸。
看不見更叫人費疑猜，爲新情捨故人，難顧舊恩情。
沒有妳，我家的貓咪都不抓老鼠……

你啊你，躲在烏雲後面的太陽，
別枉費了我日夜祈禱，
失去你，我就是冰冷的月亮。
我家的老鼠都在抓貓咪……

我默念著文章的某一部分，然後在心裡暗自啜泣。我的天……這像文章嗎？爲什麼這種文章會得獎？這只是我要臨時交差拿給金教授的報告

啊！

☐思念是一種試探，就像大腸包小腸。
這是什麼跟什麼啊？

屌面人

我想念的那個春天，有一封用綠色楓葉寫成的信件。
誰說楓葉一定要紅色的才美？
經過一整個冬天，度過百多個寒夜，
依然沒有變紅的楓葉，更是特別。

你用綠楓葉寫了一整個春天送給我，
我感動著，卻無法回送你更特別的。

「沒關係。」你說。
「因為我只是你的綠楓葉，你卻是我生命裡的春天。」

「就是這個完美的Ending，『因爲我只是你的綠楓葉，你卻是我生命裡的春天』，讓屌面人得到手機文學大賞的第三名。」擔任文學大賞評審委員之一的商周出版主編楊如玉小姐說。

「手機文學的意境在於，如何在短小的文章中，寫出最美最完整的一個畫面，甚至是一部短劇。這種工程比起長篇小說，更有其難以拿捏的高難度。」楊如玉小姐繼續說。

「跟其他評審委員一樣，陳子東同學的〈去他的莊周〉令我們十分驚豔，我個人也對他的作品讚譽有加，他的〈我們不結紮，好嗎？〉也是一篇好作品，但屌面人的畫面感更加吸引我啊。」楊如玉小姐還在說。

「所以在有限的評審配分裡，我甚至給了屌面人相同於陳子東同學的最高分，九十八分。我希望屌面人能繼續創作，帶給大家更多的文學感受。可惜頒獎當天他並未出席，由朋友代爲領獎。不然我眞想看看他，跟他聊一聊。」

楊如玉小姐終於說完了。

那是一個談話性節目，在頒獎那天晚上播出的。安安還特地把節目錄下來，就是爲了要跟我一起看。

可是，我眞的沒心情。

我只要一想到我的作品是抄襲的，我的恐懼就更加難以平復。至今我還不敢跟安安說那是抄襲的。知道這件事情內幕的也只有大砲跟小管。

大砲說：「媽的你管他那麼多喔！你就是出你的書、拍你的舞台劇就對了！中華電信那麼大的財團願意給你錢花，你還跟他客氣喔？」

小管說：「而且我覺得你應該趕快把焦點集中在舞台劇，讓大家忘了你的抄襲作品，不然麻煩會很大喔。」

大砲又說：「對啊。你想想，功成名就的機會來了，你還在這邊縮頭縮尾的幹嘛？我要是你啊，我早就衝了！」

小管又說：「對啊。你再想想，找個美麗的女主角，把你文章裡那大劈棺的精神完美地呈現出來，跟美女一起合作的感覺一定很棒！」

大砲繼續說：「沒錯！莊周的老婆田氏長得怎樣我們當然是不清楚，不過你找個美女來演，一定會衝出好票房的嘛！」

小管繼續說：「沒錯！我們打破傳統，演出不一樣的舞台劇。用現代的手法演飾古代的故事，你看看，這交集多完美啊。」

大砲還要說：「所以啊……」

等等！換我說可以吧？

大砲說：「可以。」

小管回答：「OK！」

「我問你們，」我說：「我既沒演戲基礎，又沒有導演知識，中華電信給我錢要我拍，我也拍不出來啊。」

大砲說：「你是白癡，你當中華電信也是白癡嗎？他當然知道你什麼都不會啊。他們的重點才不是舞台劇好嗎，他們的重點是拓展手機文學的業務，讓更多人知道這訊息，進而下載來看嘛。」

小管說：「我說你延腦受創，你以爲我開玩笑嗎？中華電信拓展手機文學業務，一則三元耶，你想想他用戶有多少？如果再把其他業者的用戶挖過來，那會有多少利潤？」

「原來如此……」我現在才恍然大悟啊！「所以，我現在根本不需要去擔心作品是抄襲的，只要快點進行舞台劇就可以了？反正沒人會去注意

作品是眞的假的，對嗎？」

「對——」大砲跟小管同時回應我，而且還拉長音。

「那，我該怎麼開始寫劇本呢？」我又問。

「你不用寫劇本啊！」大砲又說。

「對，我有同感。」小管也這麼講。

「不用寫劇本？你們神經病嗎？沒有劇本演屁啊？」我有點火大，我覺得他們兩個根本就把我當白癡。

「我問你，」大砲把臉湊近我，「你會寫劇本嗎？」

「……我、我不會……」我說。

「那你會嗎？」他扁著眼睛看小管，小管則是聳肩搖頭。

「那就對了嘛！」大砲講：「沒人會寫劇本，就不要寫啊！」

「可是沒劇本沒辦法演啊。」我繼續質疑著。

「即興啊！」大砲跟小管又同時回答。

「即興？」完了，我有不好的預感。我開始害怕了。

「你只要把大綱寫出來，設定幾個角色，我們只要找角色就好了，其他的還需要擔心嗎？」大砲說的很有自信，「你該擔心的

不是劇本，而是演員。」

「你是說，該找誰來演的意思嗎？」

「對。」大砲頓時間像個智者。

「那……你們覺得該找誰？我想找孫燕姿或張惠妹耶，絕對有票房！」我高興地說，然後挨了他們兩個幾拳。

「你火星來的嗎？不知道地球的物價喔？中華電信給你多少錢拍？你覺得你請得動張惠妹跟孫燕姿嗎？她們兩個光是眨眼睛的時間就進帳幾萬塊了耶！你打算出多少請張惠妹？多少請孫燕姿？我看啊，你連請保全保護她們的錢都不夠！」小管一副受不了我的表情說著。

「那你說，我該請誰來演？」

「你要先想，舞台劇在哪裡首演嘛。」小管說。

「我們學校啊。」

「那就對啦！既然是我們學校第一站，那第一站是不是一定得成功？」

「對！」

「要成功，是不是該請我們學校最受歡迎的人來演？」

「啊！」我終於明白他們的意思了。「我知道了！你們是要我找……」

「對！就是蘇菲亞！」他們兩個又異口同聲。

「可是，她有個難纏的男朋友耶！我聽人家說，她的男朋友說一，她絕對不會說二。所以要找蘇菲亞來演，一定要先找到她的男朋友，要是她男朋友答應了，那一切都沒問題了。」我說。

「這就是最棘手的地方，幾乎每個人都聽說過她的男朋友，她也時常誇耀她的男朋友有多麼溫柔體貼、才華洋溢，但事實上並沒有人看過或認識她男朋友，這要怎麼找人啊？」大砲也煩惱了起來。

「錯！」小管瞇著眼睛，一臉知道所有事情眞相的模樣，「那是你們資訊update太慢。我就知道她男朋友是誰！」

「誰？」我跟大砲同聲好奇地問。

只見小管把手背在後方，跨著布袋戲人偶的步伐，一副先知模樣地輕輕說了答案。

聽完答案，我心頭一驚，差點沒跌坐在地上。

「屌面人！」他說。

屌面人？這是什麼鳥名字啊？

04

「你怎麼知道她男朋友就是屌面人？」我驚訝地問著。屌面人不就是那個拿到第三名的參賽者嗎？

「拜託！我怎麼會不知道？你們也不看看我是什麼角色！」小管雙手扠腰，屌了起來！

「你不算是個角色……」我跟大砲異口同聲地說。

「喂喂喂！尊重點！你們忘了我是蘇菲亞的第一號學伴嗎？」小管說：「這可是所有想追求蘇菲亞的男性夢寐以求的頭銜啊！」

「那又怎樣？」我繼續說：「就因爲你是她第一號學伴，蘇菲亞就會把她的事都告訴你嗎？」

「耶！就是這麼湊巧！她剛好有跟我說到男朋友的事！」

「她有非常確實地告訴你她的男朋友就是屌面人嗎？」大砲問。

「她說，她的男朋友才華洋溢，寫東西的能力當然也不在話下，這一次也參加了手機文學大賞，而且也得名了！」

「得名？」大砲皺眉，「得名的有三個人啊，你怎麼確定是屌面人？」

小管瞪了大砲一眼，有點受不了地說：「你想想，第一名是子東，子東的女朋友是安安，我們都認識她嘛。所以子東就排除了。」

大砲上下打量了我幾眼，然後說：「我想也是，蘇菲亞也不會喜歡子東。」

我瞪了他一眼，想起大砲也是蘇菲亞的愛慕者，他是蘇菲亞第三十一號學伴。

「第二名是藤井樹，這更不可能了。」小管說。

「爲什麼不可能？」我跟大砲有著一樣的疑問。

「因爲蘇菲亞是個非常喜歡在別人面前誇耀她男朋友的人，你想，如果她的男朋友是藤井樹的話，那全天下早就知道了，不是嗎？」

「嗯，有道理！」

「所以說嘛，她男朋友一定是屌面人！」小管信心十足地說。

「那我們要怎麼找他？」

「屌面人在得獎之後架了一個部落格，叫作『屌之部落』，我們可以去上面找他，留言請他幫忙。」小管說。

「可是，我們是要借他的女朋友來演戲耶！你想他會答應嗎？」

「試試嘛。不試怎麼知道？」

當天晚上我們就連上屌之部落，在他的部落格上面留下了充滿誠意的留言，希望他能答應把蘇菲亞借給我們拍戲。

我們的留言如下：

屌兄你好：

我先自我介紹一下，我是這次手機文學大獎的冠軍得主陳子東。不好意思這次搶了你的第一名，在下我非常地抱歉。但我有仔細地研讀過你的參賽作品，就如那位商周出版主編所說的，那句「因爲我只是你的綠楓葉，你卻是我生命裡的春天」寫的眞好，這結尾眞是鏗鏘有力，讓人爲之動容，讓風爲之呼嘯，讓泰山爲之崩塌，讓地球爲之爆炸……總之就是很厲害。

可惜的是，第一名是我（歹勢！），所以中華電信要贊助拍戲的對象也是我，爲了讓戲能拍得更成功，我們想要找個氣質絕佳、沉魚落雁、美豔動人的女生來擔任主角。聽聞你的女朋友是我們中正大學之花，也就是美

麗大方的蘇菲亞，所以我們想請她來飾演女主角，如果能先得到屌兄您的首肯的話，我們將會送上特別遠赴鶯歌製作的「屌陶」一座，以銘誠意。○九三六××××××，這是我的手機號碼，如果您考慮過後有任何結果，都麻煩您打電話給在下。在下手機將爲您二十四小時開機。謝謝，謝謝！

陳子東敬上

「子東，你寫的眞好，不愧是文學大賞第一名啊。」大砲讚不絕口。

「我也覺得這篇留言相當有誠意，只不過……」小管擔心地說。

「只不過什麼？」

「你寫的那個『屌陶』，眞的要去鶯歌訂做一個喔？那個很高難度耶！」

「拜託！等他答應了再說嘛！如果屌陶做不出來，我們再去情趣用品店買一個塑膠的就好啦！」我說。

「塑膠的誰不知道啊？一看就知道那不是陶的，你要怎麼辦？」

「我們不會去買陶土混成漿，然後把那個塑膠屌給包起來烤

乾嗎？」我說。

「喔——」他們一起拉長音，「對喔——」

然後過沒多久，屌面人竟然在部落格上公開回覆我們：

東兄你好：

你能拿到第一名眞是實至名歸，這是實力問題，在下輸得心服口服。

要借蘇菲亞一事，我不能作主，你可以自己去問她，我想她會答應的。

祝你們合作順利。

屌面人

看完他的回覆，我們不禁有些疑問。既然蘇菲亞都聽他的，那爲什麼他要說他不能作主呢？

「啊！我知道了啦。」大砲恍然大悟地說。

「知道什麼？」

「他一定是要對外營造出一種他不是個大男人主義很重的傢伙，他想告訴所有人，他對蘇菲亞是百分之百放任自由的形象。」大砲說。

「喔？這麼說也有道理。」我跟小管不約而同地點頭。

「所以你看他最後兩句回覆，『你可以自己去問她，我想她會答應的』，這表示他已經指示蘇菲亞要答應接受這個角色啦。」

「喔？好像有那種感覺耶。」我跟小管不約而同地點頭。

然後隔天，我接到小管的電話，他說：「子東，有個消息要告訴你。」

「什麼消息？」

「蘇菲亞約你，今天下午三點，寧靜湖畔見。」小管說。

看樣子，屌面人不是個簡單的角色。

蘇菲亞

我不因愛人而墮落，人卻因愛我而墮落。
我不因思人而迷惑，人卻因思我而迷惑。

我不懂寂寞，寂寞卻懂我的寂寞。
我不懂離愁，離愁卻懂我的離愁。

你或許看不懂我在說什麼。我知道。
因為你並不在我的世界裡，
但當你在看我，我知道你在看什麼。
因為我已像仙子一般，
飛翔在你那凡間人的眼中。

05

蘇菲亞的本名其實不叫蘇菲亞，她叫作蘇玉妹。因爲本名太俗的關係，所以她非常致力於創造另一個等於她名字的稱號。有人問過她「爲什麼不直接改名呢」，她的回答是「這是我最愛的外婆取的，我不想改掉它」。

你覺得矛盾嗎？我也這麼覺得。

既然她因爲外婆的關係而不想改掉名字，那又爲什麼要創造另一個名字讓別人來稱呼她呢？

但儘管如此，她還是成功地創造了一個新名字。她在我們都還是一年級的新生時，就參加了學校的歌唱大賽，演唱的歌是哪一首我忘了，但我記得是非常搖滾的。

預賽那天，她穿著黑色內衣，把肩帶外露，將外衣撕破，在那搖滾的節奏當中，不顧台下幾位評審的異樣眼光，就像是她自己的個人演唱會一樣，用力擺動她的身體。台下有幾百人在看著她的表演，氣氛被她炒到最

高點，所有人都跟著她一起跳動。

「跟我一起喊！Sophia！」她狂野地叫著。

「Sophia！」台下的同學們也叫著。

「再喊一次Sophia！」她繼續。

「Sophia！」同學附和。

「叫我Sophia！」

「Sophia！」

「叫我三次Sophia！」

「Sophia！Sophia！Sophia！」

就這樣，她從蘇玉妹變成Sophia了，很快地。

事情還沒完。

在她決賽那天，她改唱一首慢歌，是蔡健雅的〈陌生人〉。那天她穿著全身白色的襯衫和長裙，把她的長髮輕輕披在肩膀上。決賽那天會場大概有上千人，所有人在她唱歌的時候，都像是被拔掉金頂電池的打鼓兔，一動也不動地聽她唱歌。

她真的很美很美，我就是在那個時候迷上她的。

林
奐晨
電
學
榮獲全國大專
英語演講第二名
賀
同學
蘇菲

「但是不行，我不能對不起安安。不可以！」當時，我是這麼跟自己的心靈喊話！

「我不恨你了，甚至感謝這樣不期而遇，當我從你眼中發現，我已是陌生人了，嗯——」

她唱完最後一句時，全場的掌聲和氣氛是那種會讓人全身起雞皮疙瘩的。

她就在那台上散發著光芒，美麗而且耀眼。台下的人不斷喊著「蘇菲亞！蘇菲亞！蘇菲亞！」，她已經像個明星了，只差尚未被人挖掘而已。

不過，歌唱比賽並不是以台下的歡呼聲來決定勝負的。那一年的歌唱比賽，她只得到了第五名。我聽小管說，她在上台領獎後就開始哭泣，在後台，她手裡拿著第五名的獎金五百元，抱著她的同學（女的）輕聲哭著說：「五百元就買走了我一個多月的準備時間，還有我美麗的聲音，真不值得。以後都不參加了啦！我以後都不參加歌唱比賽了啦！」

然後，二年級的歌唱比賽，她得到第四名。三年級的比賽也在前一陣子唱完了，她得到第三名，這讓她還挺高興的。不過，她身邊的好朋友們並沒有告訴她，本來一直拿第一第二名的兩個常勝軍

已經畢業了。

她的歌喉其實並不是很差，但說眞的也沒有非常好，就是至少不會五音不全，但並沒有抓到唱歌的技巧。

但她並不是只有參加歌唱比賽而已。她其實多才多藝，會跳國標舞，會游泳，會鋼琴古箏，會跳遠長跑，會油畫攝影。她參加很多比賽，也很喜歡參加比賽，不只是學校的，還有嘉義縣市的、臺灣南區的、臺北的、全國的也有入選過。

她身材高䠷，面容姣好，聰明伶俐，喜歡她的男生很多，要當她的學伴還得排隊拿號碼牌。

直到有一天，她突然在她自己的個人板上寫了一篇〈戀愛〉，那些喜歡她的男生像是搬到地獄裡去住一樣，每天愁眉不展、心情黯然、眼圈一個比一個黑。小管跟大砲也一樣，而且我似乎也有一樣的感覺，那時我心想：「銬！不會吧！這麼個尤物竟然已經有戀人了？」心裡感覺萬般的可惜與遺憾。

她會把她跟男朋友的相處過程寫在她的個人板上，偶爾還會附上她男朋友替她拍的照片，但比較奇怪的是，那些照片從來都只有她一個人入

鏡，她所謂的「男朋友」卻一直沒有上鏡頭。

就這樣，她戀愛中的甜蜜常寫在臉上，但她的男朋友卻一直成謎。有人爲她男朋友取了一個外號，叫作「蘇公」。大家都蘇公蘇公地叫著，後來也就習慣了。但我覺得這外號像是蘇花公路的簡稱。

總之，蘇公是誰一直是個謎，像埋藏在學校那骯髒的寧靜湖底的一個祕密，大家都想知道謎底，卻沒人有勇氣與實力去挖起。

直到小管說屌面人就是蘇菲亞的男朋友之後，謎底才像是被解開了一半那樣迷濛。

下午三點，我準時站在寧靜湖畔。太陽很大，把我曬得很熱，卻沒人來赴約。

直到半個小時過後，我的手機響了，打來的人是蘇菲亞，她說：

「陳子東同學，我是蘇菲亞，抱歉讓你等了半個小時，因爲我在準備今天晚上我們的第一次面對面。」

「第一次面對面？今天晚上？什麼意思？」我十分不解地問著。

「就是今天晚上，我想跟你單獨面對面的意思。」

「喔。我是要找妳談一談擔綱演舞台劇女主角的事，我想應該不需要等到晚上吧。妳現在沒空嗎？」

「我現在臨時走不開，能否晚上見？」她說。

「喔。那幾點呢？」

「晚上八點，我在致遠樓前面的停車場等你，車號是AE—××××。」

「好。」我說。

電話掛斷，我心裡突然有種感覺快速而猛烈地襲上來。

「該不會……要找我約會吧？」我這麼想，而且非常樂意讓自己繼續這麼想，直到晚上八點的到來。

自古英雄難過美人關。

06

那輛AE—×××的車，是一部豐田的「特色兒」。特色兒只是唸音直譯，眞正的名字叫作「Tercel」，是雄鷹的意思。但如果你眞的知道這部車的外型，你可能會覺得TOYOTA車廠想太多了。因爲那車根本就不像什麼雄鷹。

我一樣在八點準時到達，那車已經停在位置裡。我非常緊張地走過去敲了敲車窗，沒兩秒鐘，副駕駛座的車門打開，我嚇了一跳，然後我聽到她說一聲「進來吧」，心臟差點沒跳出來。

一進到車子裡，就聞到很濃的香水味，那像是一種植物香，又像是人造香料的香味，也像是一種肥皂，總之就是香，但香得很奇怪。

昏暗的光線中，我看見她的穿著，一件低胸的削肩短衣、白色短裙，嘴唇上擦了會閃亮亮的唇蜜，像是松嶋菜菜子拍的廣告那種。從側面看，她的睫毛均勻地往上勾，在眼睛一眨一眨的動作下，畫出會挑動人心跳的弧線。

「抱歉，陳子東同學，」她說，我終於從那美景中回過神來，「今天我沒能在下午的時候準時赴約，眞是不好意思。」她說，緩緩地倒車，然後把車開出學校。

「沒關係，我不介意……」我還是很緊張。

「吃過飯了嗎，陳子東同學？」

「喔喔喔！吃過了，謝謝。呃……還有，叫我子東就好了。」

「子東？呵呵呵，」她笑了出來，「我都快準備叫你導演了呢。」

「喔喔喔，別這麼叫我，我其實不會當導演，我只是……」

「別急！那不重要。重要的是，我今天終於可以跟數一數二的才子單獨面對面，好好地聊一聊，心情眞愉快。」

「呃……我不是什麼才子。妳言重了。我今天找妳的目的，是想……」

「別急！那不重要，我知道你的目的是什麼，但你可知道我的目的是什麼？」

「我……」我開始冒冷汗了，「我不知道……」

「那麼……」停了一個紅燈，她轉過頭來看著我，「你想知道嗎？」

「呃……我想問一下，我們現在要去哪裡？」我趕緊轉移話題。

「別急！那不重要。重要的是，你知道今晚，我們該做些什麼嗎？」

「啊啊啊，我說……呃……蘇菲亞同學，我真的只是來跟妳談一談有關中華電信贊助我拍攝舞台劇，想邀請妳擔任女主角的這件事情……」

「呵呵呵呵，」她又笑了，「我知道啊，我知道你要找我談這個。」

她一邊說，一邊把她的低胸削肩短衣又更往下拉。我清楚地看見她的內衣邊緣，還有紅色的肩帶。

「呃……啊……蘇菲亞，我……我有點渴！前面7-11停一下好嗎？」

我就快受不了了，一種男人天生的本能開始沸騰。

「別急！那不重要。我正要帶你去我家，我已經調好了酒，等一下你可以慢慢地把你的計畫告訴我。今晚，我們有很多時間。」

這時候，我的手機響了，打來的人是安安。我下意識地趕緊把手機轉成震動。

「誰打來的？你怎麼不接呢？」她問。

「喔！呃……無聊的詐騙同學……啊！不是，是無聊的詐騙集團！」我傻笑著，汗已經流滿了背。

「詐騙集團？你都沒接，怎麼知道是詐騙集團？」

「呃……我猜的啦！他們打來都沒顯示號碼嘛。我不接那種沒顯示號碼的電話。」我說。

「嗯。跟我一樣，我們找到第一個共同點囉！」她說。

「哈哈，眞巧啊！哈哈……」安安打來的電話還在震動，我還在蘇菲亞面前裝笨。

再沒多久，車子轉進一條小巷，眼前出現一棟房子，看起來是有點年紀的別墅了。

「妳家到啦？」我問。

「嗯。小小一間寒舍，別介意啊。」她轉頭對我笑著說。我再一次輕易地被她電到。

「妳家沒人在嗎？」

「我一個人住，家人目前都住在台北。」

「嗯？那這間房子是？」

「是我家的。爸媽退休後想來這邊養老，所以先買來放著。沒想到我竟然考到中正，所以就直接先住這邊。」

「妳一個女孩子家住這麼大的房子，不怕危險啊？」

「呵呵呵，」她的笑容有著暗示的意味，「怕啊。你要來陪我嗎？」

頓時，我不知道該怎麼回答她。

進到她家，我渾身不自在地坐在沙發上。她說要上樓換件衣服，要我自己到處隨便看看，不需要拘束。於是我往房子更深處走去，沒想到走到一個天井下，上面晾滿了女性內衣褲。

「我還是回去坐著吧。」我這麼對自己說。

沒多久，她穿著一件非常寬鬆的大T恤從樓上走下來，由下往上看著她一步一步地走著，那高䠷的身材細長的腿，沿著那腿的曲線往上看，大T恤下的風光隱隱約約地……

銬！燈光太暗，什麼都看不見！

「唉！可惜！」我輕聲說。

「怎麼了？什麼事呢？」

「沒……沒事！沒事！」

她對我笑了一笑，然後走進後面的廚房，出來的時候手上已經端了兩杯酒。

「來，陳子東同學，」她遞了一杯給我，「你可以開始慢慢

地告訴我，有關於你的舞台劇的事了。」

「喔！好！那我先講一下這齣戲的來源。大劈棺是講……」

「別急！這不重要。大劈棺我知道，講重要一點的。」

「喔！好。我是想呢，要結合我這一次得獎的〈去他的莊周〉還有大劈棺，來演飾一部現代的……」

「別急！這不重要。你還是沒有把重要的部分告訴我。」

「喔？妳所謂的重要部分是指妳要詮釋的角色嗎？我是希望妳能演出那個現代的……」

「我上過劇團廖老師的課，你想說什麼我非常了解！」

「眞的嗎？我也上過他的課耶。那妳了解就好，我另外跟妳解釋一下那個……」

「別急！那不重要，慢慢來。」

她把我眼前的酒杯遞給我，要我先喝一口。

「我先跟你說一下所謂藝術的精神。身爲藝術家，表演藝術家，我們兩個人一起創作這齣戲，就像一起生一個小孩一樣，是需要很深的感情的。如果我們之間沒有感情，那呈現出來的戲就不會有感情，會死沉，會

黑白，會沒有色彩！我們目前要做的，就是要把愛的眞相挖出來，然後昇華成人間的大愛。作愛只是生孩子的前一個步驟，但作愛前的感情才是最根本的感動。我最恨那種只有性交沒有感情的東西！淫蕩！沒有生命！」

我瞠目結舌。

「我問你，想不想跟我生這個小孩？」她說。

「想……想！」

「生小孩是需要作愛的，你知道吧？」

「……我知道。」

「我剛說了，作愛前的感情才是根本的感動，你了解嗎？」

「了解！我當然了解！」

「那你想不想跟我作愛？」她湊過臉來，在我的耳邊輕聲吐氣地說著。

「啊！」

□限。

07

「然……然……然後……後呢？」大砲跟小管瞪大眼睛，滿頭淫汗，口水都已經快從嘴巴裡流出來，一臉不可思議地問我。

「什麼然後？」

「就她問你想不想跟她作愛，然後呢？」

「沒然後了。」我面無表情地說。

「爲……爲什麼？」他們不可置信地抗議！

「當時我的回答是『好啊』，然後她說……」

「她說什麼？」

「她說：『好，我會把你這份激動記在心裡。』」

「激動？什麼激動？」小管像是不相信自己的耳朵一樣不斷地問。

「激動，把我那份激動記在她心裡。」我又再說了一次。

「雞動？」大砲在旁邊拿了一張紙，寫了個「雞」字，「她是說這個雞嗎？把你的『雞動』記在她心裡。」

「雞你媽啦！誰像你那麼淫蕩，只想到雞啊！」我狠狠地在他肥到不行的肉上面暴了一拳。哇銬！我的拳頭竟然被彈回來？

「可是，她是什麼意思啊？把激動記在她心裡幹嘛？」小管奇怪地問。

「我也不知道，」我搖搖頭，「她的意思可能是想把這份激動拿到戲當中去激發吧。」

「所以你們昨天晚上一點事都沒發生？」

「是啊。」我說。

「你有沒有說謊？」

「沒有。」

「確定沒有？」

「眞的沒有。」

「你看著我的眼睛說，子東！眞的沒有跟蘇菲亞發生什麼事？」

小管問得我都煩了。

「就告訴你眞的沒有嘛！除了……」

「喔！抓到了喔！終於想說眞話了喔！」

「抓你媽啦！我是要告訴你，除了在我要搭計程車離開前的那個吻之外，沒有發生其他事。」我也暴了小管一拳，他當場蹲下沒站起來。

「吻？她吻你？吻在哪？在哪？」大砲抓著我搖晃。

我沒能說話，指著自己的臉頰。

「臉而已？沒有其他地方？」

「沒有了。你別再搖了。」我說。

「所以你昨天就搭計程車回家了？沒有留在蘇菲亞家裡？」大砲放開我後繼續問。

「哎唷！你們兩個是正值發春期巔峰喔？」我有些煩躁，「一直問問問問個沒完！都已經回答你們了你們還要懷疑。就說沒發生什麼事嘛！」

「喔喔喔！那她有答應要演女主角嗎？」

「我想有吧！她沒說不演啊，還說就快要開始叫我導演了。」

「好好好！大事已經開始有了一個雛型了。接下來就是搞定舞台劇該表演的東西。」大砲說。

這就是我最傷腦筋的地方了。

我說過，在這方面我什麼也不會。別說當導演了，就連要演些什麼才

會有票房我都不知道；演員除了蘇菲亞，其他角色該找誰演我完全沒有頭緒；該怎麼用現代劇表現大劈棺和〈去他的莊周〉的精神我也不知道；舞台佈景要找多少人來搞定我也不知道；該如何編列預算打份報告給中華電信告訴他們這些錢花在哪裡我也不知道。

反正就是什麼都不知道。

而且除了舞台劇讓我心煩之外，另一件我能掌握的事情也漸漸地在失守了。

那就是我跟安安的感情。

昨晚從蘇菲亞家回到我們的住處之後，安安像是一隻受了驚嚇的貓，撲向我的懷抱。

「你終於回來了。剛剛有隻大蟑螂，好恐怖啊！牠還在椅子底下，快殺了牠，快！」安安驚慌地說。

這天晚上我們難得地上床作愛。算一算，這大概是這兩個月來的第四次。我不明白這是不是代表我已經不再被她的身體或美麗所吸引，還是我在想著其他事？

甚至想著其他人？

「你壓在我身上，其實我感覺你不在我身上。」安安說，在作愛結束後。

「妳在說什麼？」我莫名其妙地問著。

「我覺得，你在跟我作愛的時候，靈魂像是出竅了一樣。」

「啊？什麼？」我還是不懂她的意思。

「我覺得，你像是把我當成別人一樣。」

「當成誰？」

「蘇菲亞。」她說。

天啊！天啊！我驚訝於她敏銳的第六感，簡直準確到讓我全身發寒發冷發抖發癲，我突然間不知如何言語，腦袋裡千迴萬轉的，一定要找出一個好理由來。

「妳別亂想，我跟蘇菲亞才剛認識而已。」我說。

「但她的美麗，我想應該沒有多少男生可以拒絕吧。」

「我就可以。」天啊！我撒謊了。在蘇菲亞家，她問我想不想跟她作愛時，我明明是那個大聲說好的人。

「眞的嗎？」

「眞的。」

「可是，你要跟她一起拍舞台劇耶，我很擔心……」安安說，一股腦地鑽進我的懷裡。

「舞台劇就舞台劇啊，不管我跟她之間怎麼了，都是爲了戲啊。」

「嗯嗯。子東，我相信你。你不要讓我失望喔。」安安說。

安安這句「你不要讓我失望喔」言猶在耳，但我隔天就「被迫」讓她失望了。

隔天，蘇菲亞找了她在報社擔任記者的高中學姊發了一篇新聞，還跑到學校來採訪我，記者問我：「蘇菲亞已經答應擔任女主角了，你的感覺是不是很高興呢？」

我回答：「是。」

她又問：「蘇菲亞說，要演出一部好戲，就應該有優良的感情默契，你也認同她的想法嗎？」

我回答：「是。」

她再問：「蘇菲亞說，她甚至不排除可能跟你談一場假性戀愛，你跟她之間有這樣的默契嗎？」

我回答：「是。」

她最後問：「蘇菲亞說，沒有你，就沒有蘇菲亞，你認爲呢？」

「你不要讓我失望喔！」、「你不要讓我失望喔！」、「你不要讓我失望喔！」、「你不要讓我失望喔！」、「你不要讓我失望喔！」、「你不要讓我失望喔！」、「你不要讓我失望喔！」、「你不要讓我失望喔！」、「你不要讓我失望喔！」、「你不要讓我失望喔！」、「你不要讓我失望喔！」、「你不要讓我失望喔！」、「你不要讓我失望喔！」、「你不要讓我失望喔！」……

安安的話還在迴盪。而我的回答是……

「沒有蘇菲亞，就沒有陳子東。」

「沒有蘇菲亞，就沒有陳子東。」

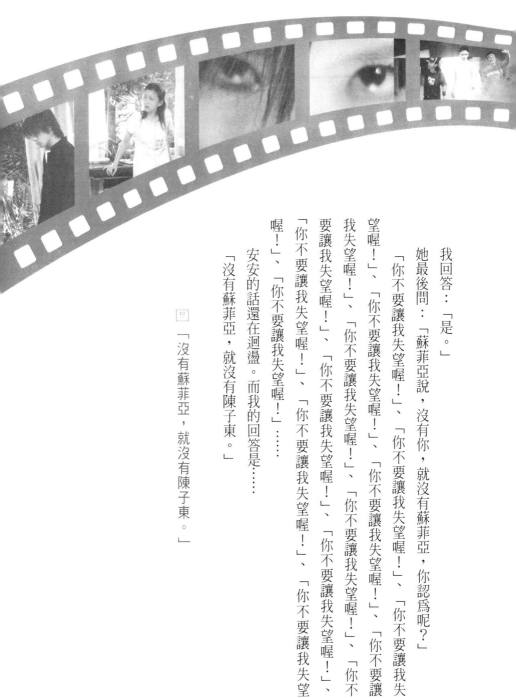

金教授

所謂大劈棺，是在說莊周試探自己的妻子田氏的忠貞的故事。
某天莊周走在路上，遇見了一個新寡少婦正在搧墳
他好奇地上前一問：「為何搧墳？」
少婦回答他說：「為了後半生的生計啊。」
莊周問：「後半生的生計與搧墳有什麼關係？」
少婦回答說：「我與先夫本來非常恩愛，
但他突然病逝，留我一人在人世間。他死前囑咐，
要另嫁他人，必等他墳上土乾才能另嫁。
我一個柔弱婦人，難以為生，所以搧墳，以期早日……」
莊周疑問：「妳搧墳是為了早日改嫁？難道不念往日情分？」
少婦回答：「非是我忘卻了夫妻情分，
都只為衣食缺投靠無門，我也知新寡人應守分寸，
嘆只嘆女子們衣食由人。」
說完，蹲下繼續搧墳。

莊周因此心生一計，要裝死並且用同樣的方法
來測試妻子田氏的忠貞。並在裝死之後只埋棺不埋人，
易容假扮風度翩翩的王孫來誘惑自己的妻子。

各位同學，這個故事啊，教授我教書這麼多年來，
一直沒有任何一個學生跟教授一樣，有相同的認知與看法。
所以，大劈棺就變成了一個難以被定義出精神層面的一堂課。
就像人生一樣啊。以為找到定義了，後來又被另一個定義推翻。
才發現人生沒有定義。

08

他喜歡把「人生沒有定義」這句話掛在嘴邊，像是一個無法再被取代的大道理，就像用數學來定理「一加一等於二」一樣永遠不會被推翻。也是一種生命昇華到頂界的思想；像是佛家道家法家儒家都有自己師法的一個最高宗旨。更是一種非常的哲理，就像「道可道，非常道」一樣。意思就是「道」這個東西如果可以拿來「說」，那就不是道理了。

你聽得懂我在說什麼嗎？不懂，對不對？

這就是他上課的時候說的，沒有人會懂，也不懂其中的重點在哪。以比較現代的語言來說的話，就是……「根本就不知道到底他媽的爆點在哪！」

他就是這麼一個什麼都是重點，也什麼都不是重點的人。所以上他的課眼神會飄移（不是那種開車甩尾的飄移，沒藤原拓海那麼帥！），精神會恍惚，甚至元神可能會出竅。

不管他在說逍遙遊、齊物論還是應帝王，甚至是其他有的沒的，你都

無法理解他想表達的。於是這種上課的理解斷層就非常深，然後考試就不會寫。

考試不會怎麼辦？用交報告來彌補。報告又寫不好怎麼辦？只好慢慢選擇放棄。

我原本已經要選擇放棄了，就因爲發生了大劈棺事件，讓我突然間被金教授保證Pass，而且還得到手機文學大賞。

事情是這樣的：

一天，金教授正在上大劈棺這堂課，很不幸的，我在打瞌睡被他發現，於是他說：「陳子東！睡不是現在該做的事，來，我來讓你動動腦提提神，你來說一說你對大劈棺的看法吧！」金教授點名我。

「呃……教授，你是問我的看法，不是要我說它的精神吧？」

「對，說說你的看法。」

「喔。我的看法啊，請恕我比較直接地講，我覺得莊周如果不是白癡，那他的老婆田氏就是白癡。哪有人會假冒別人去騙自己的老婆還不被認出來的？莊周以爲他是《不可能的任務》裡那個會易容術的韓特嗎？再來，哪有人無法分辨自己的老公是不是眞的死了

啊？眞死假死眞的有那麼難分辨嗎？摸摸心跳搔搔他癢就馬上穿幫了不是？」我說。

全班同學聽完臉色慘白，每個人都一副大勢已去的表情。

「陳子東，那你覺得，莊周爲什麼要說大劈棺這故事呢？他在寓意什麼？」金教授又問。

「他根本就沒有要寓意什麼！他只是跟他老婆田氏開玩笑，增加生活情趣，不然就是無聊找事做，再不然就是他唬爛，根本就沒有這件事發生。」

「喔？你的意思是，莊周其實是個無聊男子囉？」

「差不多啦！不然他就是個智商低於三十的白癡，編故事編得破綻百出，疑點一堆。」

「所以你的意思是，他的學說其實都沒有研究意義囉？」

「我有這樣的感覺啦，浪費時間嘛。」

「所以你也覺得，研究他的學說的人，也跟他差不多白癡囉？」金教授的臉色開始有變。

「呃……沒那麼嚴重啦。」我苦笑著。

「你知道我金某人的博士論文寫的是什麼嗎？」

「不知道……」

「就兩個字，『莊周』。」

「啊啊啊啊啊……」

「所以你覺得我是在浪費時間？我是個白癡了？」

「教授，那是我對莊周的看法，跟您沒有關係。」

「嗯……不過，你對大劈棺這個故事有相當特別的見解，這倒是值得嘉許的地方。」

「謝謝教授。」

「下禮拜交一篇有關莊周的報告來，否則我們下學期再見。我知道你連報告都沒辦法做出一份完整的，所以我准你用新詩的方式來闡述所謂的莊子。」

〈去他的莊周〉就是他語帶威脅之後的產物。他以為新詩比較簡單，其實他媽的更難！我根本就不知道該怎麼起頭，就連名字都不知道怎麼取，寫完〈去他的莊周〉之後，我根本就看不出來我在寫什麼。我只不過胡亂搜尋網站東拼西湊出一篇像新詩的東西。

「這麼看不出爆點的東西，他應該會喜歡吧。」當時，我的心裡是僥倖地這麼想的。

然後沒想到這篇垃圾得了獎。媽的……

「所以，你眞的決定要用蘇菲亞當女主角了？」在我開始對舞台劇的一切事務感到無助的時候，我在學校裡的全家便利商店遇見金教授。他這麼問我。

「嗯，是的。」

「你看起來愁眉不展，是不是有什麼麻煩呢？」

「教授，我麻煩可大了！面對得獎後接踵而來的衝擊，我幾乎就快要被擊潰了。」

「孩子，別擔心，人生是沒有定義的，你不需要覺得明天就是末日。」

「那大概是後天吧，我想……」我低頭深嘆。

「後天也不會是。」教授說。

我突然覺得他是個白癡。

「教授，」我說：「重點不是哪一天吧？」

「沒錯啊，那你幹嘛這麼沮喪呢？」

「我需要人來幫助我啊，教授。」我的眼神中滿是哀求。

「身爲教授，本來就應該幫助學生，來吧！有什麼麻煩，教授來幫你想想點子。」

「我對舞台劇要拍些什麼完全沒有方向，我只有簡單地想到要用現代的表演方法來演出大劈棺。」

「孩子，你能想到的現代表演方法是什麼？」金教授問。

「呃……不知道耶……雲門舞集？」

「孩子，拿出你的大腦來！你請得起嗎？」

「呃……明華園？」

「那是百年歷史的歌仔戲團，你想，那屬於現代嗎？」

「嗯……火燄之舞？舞王？」

「舞你媽！你愈說愈回去了！」金教授一掌往我頭上打下去。

「天……」我摸著頭說：「我真的想不起來了，除了我電腦

硬碟裡的A片……」

「A片?耶!這可以啊!」金教授拍著手說:「我們就來拍一部A片。用大劈棺為背景,拍一部唯美的現代A片!」

「啊……」

大劈棺A片?這能拍出什麼來?

09

金教授繼續說：「我開始有想法了！我想，這部舞台劇一定要同時用兩種手法來呈現，舞台的一半用戲曲，另一半用現代的方式，把莊周的大劈棺裡那一份情情愛愛仔細地表演出來。」

「裡面哪裡有情情愛愛？」我非常疑惑。

「莊周假扮王孫的時候，一定是對自己的妻子田氏盡其所能地誘惑嘛，那不是情情愛愛不然是什麼？」金教授說。

「喔……」

「所以你選蘇菲亞當女主角眞是選得漂亮！太聰明了！」

「謝謝教授誇獎。」

「依我看女人這麼多年的經驗，她肯定是戰鬥型的！」

「戰、戰鬥型？」

「就是會把情慾當作一種競賽，絕不會讓男人專美於前的類型。」

「那你怎麼知道她是戰鬥型？」

「經驗！經驗！」教授拍著胸口、指著頭腦說。

「喔……」

「所以我跟你說啊，你一定要聽好。」

「喔……」

「你一定要好好把握蘇菲亞，不只要從她身上挖東西，還要愛上她！跟她談戀愛！導演和女主角不鬧緋聞、不來電，做出來的東西沒有人想看。你想想，哪個導演私底下不和女主角眉來眼去的？哼？」

「可是……教授……我有女朋……」

「那不是重點！現在可是你飛黃騰達的第一步，要好好把握啊。」

「喔……」

「子東，我跟你說！教授這次一定傾囊相授，把我所知道的一切都告訴你，務必要幫你把這部戲拍好。放心吧，一切包在教授身上！」

說完，他就「哈哈哈哈」地轉身離開。我想你應該可以想像那種大俠或壞人張嘴大笑，傲然離去的畫面吧。

我把教授跟我說的大劈棺A片想法告訴大砲跟小管，就在我說完的那一秒鐘，我們三個人互看一眼，然後異口同聲地說出：「教授根本就是來『喇賽』的嘛！」

「喇賽」是台語的直譯字，就是攪大便的意思。在這裡指的是其行爲於事無補，反而增加困擾的動作。試想，假如你家門口有一坨牛大便，你不斷在想辦法處理這坨麻煩，卻來了個人，拿根小竹竿在攪拌它，你會不會覺得他是來亂的？

「所以，子東，你不可以讓教授繼續插手下去！」大砲嚴肅地告誡我。

「我也這麼覺得！」小管表示贊同。

「哼哼呵呵，」我莫可奈何地伸伸舌頭，「你們都覺得他的點子很爛吧？」

「拜託！這不是點子爛的問題，你眼光要看遠一點。你想想，這第一場舞台劇如果失敗了，你的名聲加上中華電信的名譽，再加上我們學校的校譽，會變成什麼樣？」大砲說。

他一說完，我腦袋裡突然浮現出門時被丟蘿蔔跟高麗菜，走

在路上被圍毆吐口水，就連易容都被認出來海扁一頓的景象……

「天啊！」我大喊一聲，悲從中來，眼淚就快奪眶而出！

「你哭屁啊！」大砲扁了我後腦一拳，「現在不是哭的時候，你不需要哭得好像明天就是末日一樣。」

咦？這話好熟悉？不是那個白癡喇賽的人講過嗎？

「既然教授要用A片的方式來拍，我們就順從他！」大砲的眼裡發出信心十足的萬丈光芒。

「拜託！剛剛是誰說他在喇賽的？連你也要喇一坨嗎？」小管受不了地說。

「不是！我有一個妙計。」

「什麼妙計？」

「我們表面順從他的意思，其實眞正排演的時候用的是自己的點子。」

「這行得通嗎？排演的時候教授也會來吧？」小管提出疑問。

「你想想嘛，教授要來看排演的時間是誰通知的？」

「我們啊。」

「那就對啦。」大砲說。

「你是說，要通知他錯誤的時間？」我問大砲。

「對！」

「那第一次第二次還行得通，第三次再沒看見排演的話，他就會覺得奇怪了不是嗎？」

「這一點我當然也想到了。所以我等等馬上打電話給我的高中同學，他是我們學校的崑曲社社長，要拍大劈棺一定要得到他們的協助。我可以請他一邊替我們拍大劈棺，一邊替我們騙金教授。」

「怎麼騙金教授？」我跟小管都不懂他的意思。

「崑曲社本身是不是有社演社練？」

「對啊。」

「那我們可以把他們社演社練的時間拿來通知金教授啊。」

「啊！天啊！」我跟小管恍然大悟，「大砲，想不到你這麼聰明啊！」

「嘿嘿，這只是我萬千智慧中的一小部分而已，別太崇拜我。」

「可是，你認識崑曲社社長的事情爲什麼現在才講？」我有些氣憤，「你也知道我一直在煩惱要怎麼把大劈棺跟我的作品結合

拍出來，爲什麼你現在才說你認識崑曲社社長？」

「拜託，你怎麼會覺得我是個會偷留一手的人呢？他本來也是個小咖呀！」大砲解釋著：「因爲原本的崑曲社社長被百分百死當退學，連軍訓都不及格，誰都沒想到他能完成這種不可能的創舉，創下沒有任何一科超過五十五分的成績，被直接勒退，所以崑曲社才會重新選社長，我高中同學才有機會當上社長。」

「你高中同學貴姓？」

「姓侯。」

「我們什麼時候可以見到他，跟他直接洽談協助拍舞台劇的事情？」

「我等等馬上打電話給他，跟他約明天如何？」大砲說。

「最好是今晚，我希望今天晚上就可以把所有的事情搞定，讓我好好地睡一覺。」我說：「安安已經覺得我很奇怪了。」

「爲什麼？」大砲跟小管轉頭問我。

「我已經好幾天沒碰她了，她昨天還問我要不要去看泌尿科。但我其實只是沒有心情想那檔事而已。」

「呃……」小管有些尷尬。

「我現在馬上打給他，問他晚上有沒有空。」大砲展現出解決急事的效率。

「不過大砲，」我拍拍他的肩膀，「謝謝你，這件事你安排得眞好，每一步都想的很漂亮，我陳子東深表佩服。」

「我小管少爺也是敬佩不已。」小管拱著手說。

「開玩笑！」他開始臭屁起來，「我可是人稱諸葛再世的奇才啊！」

「喂！奇才！金教授現在正在我社團裡跟我談大劈棺A片的事情，這實在是太有趣了！我正想打給你，你就撥過來了。我先跟你說啊，舞台劇這件事我崑曲社一定傾力配合，你叫陳子東放心吧！啊，對了！陳子東跟管建威在你旁邊嗎？你們快點過來吧。教授說剛剛看見你們三個在文學院前面鬼鬼祟祟……」大砲按了擴音對話，電話那頭的侯社長如此這般說道，而電話這頭的三個人，臉都是綠的……

「完了……」我們三個異口同聲地說。

明天就是末日了，我愈來愈肯定……

WHY DOES HUMAN BEING GO ON CREATING?

超屌

一切都屌了起來，非常有屌面人的味道。
藝術大學來的幾個研究生三天搞定了一部劇本，
速度之快，簡直屌到好幾個不行！
我問他們怎麼可能在三天內完成十四萬字的劇本？
他們竟然回答我一個超屌的答案：
「這就像看A片打手槍一樣簡單。」

可惜劇本因為寫得太長被金教授刪了一大半。
不過他們的屌並沒有因此被鋸掉一半。

從藝術大學借過來的戲劇系學生更是難以言喻地……
屌！
三秒掉眼淚是必備的能力，裝瘋好像三歲就會了。
一邊笑一邊哭根本就是小兒科。
請他們一男一女暫時不照劇本試演王孫對田氏的誘惑戲，
不到兩分鐘就快脫完了……

「喂喂！同學，演太快了！田氏應該沒這麼淫蕩吧！」
我趕緊制止他們。
「拜託！你們不是要拍京劇A片嗎？
那京劇交給你們崑曲社，A片就交給我們啦！」
他們回答。

10

金教授很快地爲舞台劇的一切做好佈局，不僅是敲定學校的演藝廳當作彩排地點，更找好了其他參與演出的演員，把他們遠從國立藝術大學請過來，還請了幾個槍手當編劇，務必在幾天之內搞定劇本。

「我跟藝術大學的教授也有點交情，跟他商量借了幾個學生，還有幾個寫劇本超屌的研究生，務必在幾天之內讓你的舞台劇開始彩排。子東啊，你可別忘了，中華電信跟你約定的首演時間，是在兩個禮拜後啊。」金教授說。

「我沒忘啊。」我搔搔頭皮。

「沒忘最好！我告訴你啊。這些舞台劇戲裡戲外的雜事煩事，教授會交代大砲跟小管幫你處理，你只要好好地給我寫完〈去他的莊周〉的小說，還有好好地把蘇菲亞搞定最重要。」

「把蘇菲亞搞定是什麼意思啊？」

「我已經跟你說過了。你是這部舞台劇的導演，她是女主角，導演跟

女主角一定要爆出緋聞才有新聞，這舞台劇才能紅啊。你要愛上她，跟她談戀愛，這部戲才會因此有靈魂啊！」

「教授，拜託！我已經有女朋友了。別害我啦！」我苦著臉說。

「我當然知道你有女朋友啊！但是你想想，你在上個禮拜接受採訪的時候說了一句『沒有蘇菲亞，就沒有陳子東』，讓多少人都爲之興奮啊！你可以回去跟你女朋友說，忍一時的屈辱，換取美好的未來啊！」

「這……」我不知道該說什麼。

「陳子東，教授我也曾經是二十歲的輕狂少年，像蘇菲亞這樣的尤物，只要是男人，都會不自覺地被喚起那股小宇宙，你眼裡對蘇菲亞的衝動我早就看出來了！」

「哇銬！教授，你也知道小宇宙啊？」

「開玩笑！我可是人老心不老。」

「可是，我對蘇菲亞沒有什麼非分之想啊……」

「是嗎？那『沒有蘇菲亞，就沒有陳子東』這話是誰說的啊？」

「那是……哎呀！她只是喚醒我的獸性，並沒有激爆我的靈魂啊。我覺得我跟蘇菲亞……」

「別說那麼多！你現在不承認她吸引你，只是你刻意的逃避。」

「好好好，我知道了我知道了……」我隨意咕噥了幾句，趕緊離開教授辦公室。

走沒幾步路就遇到從藝術大學來的三個研究生。他們像是連體嬰一樣，每時每刻都在一起，找到一個就找到三個。基本上我不太記得他們的名字，所以我稱呼他們小A、小B跟小C。

他們說很喜歡這外號，超屌。（我：「……無言……」）

「導演，這是已經完成的劇本，你先看看嘛。」小C說。

「哇銬！你們才來三天啊！劇本已經寫完了？」我接過那厚厚一本劇本，滿滿的一大疊。

「是的！一共十四萬餘字，而這劇本可以是初稿，也可以是定稿，導演可以自行修改。」小A說。

「你們怎麼可能在三天內寫完這十四萬字劇本呢？」我驚訝地問。

「這就像看A片打手槍一樣簡單。」他們說。

哇銬！屌！眞是超屌！這答案屌到七八個不行！

「厲害厲害！這比喻用的眞讚！不過……你們寫這麼多，拍得完嗎？」

「就是不知道導演想拍多久，所以把劇本寫長，要刪也比較快！」小B說。

「拜託，別再叫我導演了！」我全身不自在地說。

「不行，戲有戲的倫理，該怎麼稱呼，就怎麼稱呼。」

「那我也改叫你們編劇A、編劇B、編劇C好了。」我說。

「不！我們喜歡小A小B小C。超屌的！」說完他們就離開了。我一個人站在太陽快下山的風裡，看著他們三個人的背影，一陣涼意襲上背脊。

晚上正在吃飯看劇本的時候接到蘇菲亞的電話，她說打電話來是想詢問兩件事，第一件是什麼時候可以開始排演，第二件是什麼時候要再去她家陪她聊天。

「選日不如撞日，就今晚吧！」蘇菲亞說。

「今晚？今晚不能排演，劇本還沒修改完，金教授也還沒看

過劇本呢！」

「不急，那不重要。就今晚吧！今晚來我家！」

「呃，去妳家要幹嘛？我還有很多事沒完成，要趕著明後天看看能不能開始排演呢！」

「你就來嘛！我可以幫你想想該怎麼排演啊！而且……」

「而且什麼？」

「而且，我們上次說的『作愛』還沒有完成呢。」她說。

我到蘇菲亞家的時候，大概是晚上九點。她穿著棉質的連身裙，披了件外套，站在家門口等我。

「呃，我先說明，我不是因爲妳在電話裡說的那句……那個……才來的。我來是想順便拿劇本給妳看看。」

「那個是哪個？」她抿著嘴唇問我。

「呃……就是妳說的……」

「作愛嗎？」

我不知道該接什麼，「……呃……嗯……」我覺得耳根燙到可以煎

蛋。

「上次你還跟我說，你想跟我生個孩子，怎麼了？現在不想了？」

「我的意思是……如果舞台劇是個孩子……那麼我想跟妳生這部舞台劇……」

「進來喝杯茶吧。」她說。

「呃，不了。孤男寡女共處一室……」

「哈哈哈哈，」她開始哈哈大笑，「哈哈哈哈……」

我回到家的時候，腦海裡還迴繞著她的笑聲，唇邊還有她的口紅味。

她貼近我，親吻我，她的舌頭在我的耳垂下挑逗著，她身上有一股香氣，她的手伸進我的衣服裡，慢慢慢慢地撫摸著，從我的胸口，慢慢地滑到我的牛仔褲頭，她的唇沒有離開我的嘴，她的舌頭在我的嘴裡翻動著，她的右手努力地掙開我的皮帶（我想跟她說那是在史蒂文麗買的，很貴，別太粗魯），她的左手在我的胯下來回游移……

然後我的手機響了，是安安的專屬鈴聲。

我沒敢接，跟蘇菲亞的親密動作也立即停止，小宇宙瞬間消

失，所有剛剛燃燒起來的慾望全部被澆熄，我找了個身體不舒服的爛理由離開蘇菲亞的懷抱，儘管她的身材對我來說依然惹火，可惜我的武器暫時發揮不了作用。

「嘖！可惜！」我騎車回住處的路上，不斷地懊惱著。

進到我和安安的住處時，安安已經趴在電腦前睡著了。我心裡有很深的罪惡感，我試圖用輕撫安安額前秀髮的溫柔來掩飾我的不安。

「這一切都是爲了戲！」我這麼對自己說。

然後，我在安安沒有關掉的電腦螢幕上，看見她的MSN暱稱。

「子東，不見你三天，像是沒有你三年。」

不見你三天，像是沒有你三年。

SPORTS
05

我一個不小心撞到電風扇，吵醒了安安。

「耶？子東？你這麼早回來了？你不是應該在忙舞台劇的事嗎？」安安揉著眼睛說。

「喔。我是在忙舞台劇的事啊！可是已經三天沒看到妳了，所以早點回來看看妳好不好。」

「真的嗎？我好想你喔。抱一下好嗎？」安安站起身來擁住我。

「我也很想妳啊。」我心中依然不安地擁住她。

「咦？你脖子怎麼了？」她突然鬆開擁抱，指著我的脖子說。

「脖子？沒怎麼吧！」我也覺得奇怪地摸摸脖子。

「你脖子有一小片紅斑，你身上也有一種我沒聞過的香味。」

完了！該不會是剛剛蘇菲亞……給我偷種草莓！我身上的香味也是她身上傳過來的！

「呃……有嗎？沒有吧！什麼紅斑啊？」我抹抹脖子，然後作態聞聞

自己，「也沒有什麼香味啊！」

「明明就有。那紅斑像是……像是……」

「啊啊啊！安安，我突然想起一件很重要的事！」我趕緊轉移話題。

「什麼事？」

「我不是有得到獎金一百萬嗎？我想帶妳出去玩，妳想去哪個國家？由妳選，只要飛機能到的我們都可以去！」

「我沒想過要花你的獎金……」

「不行不行！」見成功轉移話題，我繼續乘勝追擊，「是妳幫我把作品寄出去的，理應妳也有功勞啊，我一定會跟妳分享的！」

「可是……我只想要你陪我回去那個我們決定在一起的地方就好了，你上次有答應我的。」

「啊？真的嗎？有答應妳嗎？呵呵哈哈，我都忘了耶！」

「有啦。你看，你都忘記了。你根本就不在乎我！」

「別這樣嘛！」我一面試圖安慰她，一面回想我跟她到底是在哪個地方決定在一起的。「我只是不太記得那個地方在哪裡而已啊。」我說。但明明牽手接吻擁抱上床作愛的地方就都不一樣啊。

「我不管，你一定要想起來！不然我會生氣。」她撒嬌地說。

「好好好！我一定會想起來的……哎呀！」我裝腹痛地摸著肚子，「我肚子痛，先去上個廁所嘿！」我說。

跑進廁所後第一件事情就是趕緊照鏡子。媽的該死！果然有顆直徑一公分的草莓在我左邊的脖子邊緣上，而且我的衣服都是蘇菲亞的香水味。這個蘇菲亞果然是高手，竟然有辦法在不知不覺中把草莓種到我脖子上，可見道行不淺！

「陳子東，你要小心了！」看著鏡子，我這麼對自己說。

草莓和身上的香水味事件算是平安讓我過關了。我只是脫了衣服走出廁所，然後刻意把燈關暗，用贖罪的心情跟安安上床作愛，她就像是忘記了一樣沒再追問。不過比較奇怪的是，她並不像以往一樣激動興奮，而是反應平淡，好像她沒有什麼快感一樣。我感覺跟我作愛的安安不是以前那個安安，但不知道爲什麼，就是說不上來那到底是什麼感覺。

「超屌」藝術大學的演員在隔天的中午到學校了。在那之前我已經把劇本交給金教授仔細地看過一遍。金教授說礙於舞台劇的時間無法太長的緣故，所以把劇本刪了一大半。邊看他刪我一邊暗自竊喜，心想他刪愈多愈好，我根本就不想拍那麼長的舞台劇，那是一件非常折磨人的事情。

「子東，你應該把劇本都看完了吧？」金教授問。

「是啊，我都看完了。」

「那你心裡有沒有一個譜、一些畫面呈現出來呢？」

「有，我有想到一些片段。」

「很好，那就是你腦海中只有你看得見的東西。你要把這些東西變成別人也看得見的東西，這就是舞台劇的誕生，也就是導演的工作。」

「可是教授，我不知道該怎麼叫演員動作……呃，我是說，例如走位啦、交叉啦，或是在哪個時間點擁抱等等的。」

「別擔心，我替你借來的演員都是藝大成績很好的學生，你只要告訴他們你要的情緒跟畫面，他們會演給你看，到時你覺得哪裡有落差再修改就好。」

「眞的嗎？呃……我的意思是……當一個導演，眞的有這麼

簡單嗎？」我非常不安地問著。

「這我不是專業，我也不清楚到底是不是眞的簡單。不過，這次時間緊迫啊，再十三天就是第一場公演了，如果不把你的導演工作盡可能地變得簡單，那肯定是完蛋了。」

「喔……」我回答一個「喔」字，語氣裡充滿了連我自己也擔心的不安，我想教授應該接收到了更多的我的不安。

這時突然有個念頭在我心中升起，我是不是該在這個時候放棄？不然最後舞台劇亂七八糟，成績一場糊塗，那時丟的臉就更大，牽連的人就更多了。不只金教授遭殃，藝術大學來支援幫忙的學生們的名譽，我中正大學的校譽也會一併完蛋。

不過這個念頭在中午時跟藝術大學來的演員們一起用餐過後便立即消失，因爲我見識到他們的厲害了。

演員身上流的血液像是有特別的溫度，他們的眼神有莫名而且高深的親和力，他們的言行舉止散發出異於常人的幽默與輕盈。幾分鐘時間的光景，飯桌上的每一個人像是上輩子就認識了一樣地熟稔，歡笑聲此起彼落。

就在那一刻，我的信心高漲，未來的光明已經照在我身上。

飯後試演的情況更是讓我拍案，他們的演出實力幾乎可以馬上接演《無間道四》（如果有無間道四，而且他們也都跟劉德華梁朝偉陳慧琳一樣帥氣美麗的話）。感覺他們好像出生就會演戲了，三秒掉眼淚是必備的能力，裝瘋好像三歲就會了，一邊笑一邊哭根本就是小兒科。

金教授興奮地拿出已經刪改完成的劇本，要他們臨時演那段王孫誘惑田氏的戲。不到兩分鐘，那一男一女就快要脫光了。在場三十多個同學和工作人員全部傻眼，他們像是一對相愛已久壓抑過度的情侶一樣猛剝對方的衣服，我們在旁觀看的人還一度以爲錯進了他們的房間。

「喂喂喂！」我急忙阻止他們，「同學，太快了吧！田氏可是中國古代婦女，照理說她應該沒那麼淫蕩吧。」

「拜託！你們不是要拍京劇A片嗎？那京劇交給你們崑曲社，A片就交給我們啦！」他們說。

喔！就在那一刻，我的信心高漲，未來的光明已經照在我身上。

誰說明天就是末日！我說明天就是我無敵的未來！

戲班的紊亂與寂寞

我開始叫他們超屌團，因為他們怎麼看都超屌的！
我要的感覺跟反應，他們很快地會演進我的眼睛裡，
再深入一點的話，會演進我心底。

於是開始漸漸地了解原來排戲是怎麼一回事，
那像是把我要的那畫面的樣子，用別人的動作跟表情，
回饋一次給我看。

只是美好的事總有遺憾，
一開始大家都還很配合地盡力排演，
但一個多禮拜之後，情況就變得不一樣了。

或許超屌團的實力真的不同凡響，
所以每個人的見解跟意見也就不一樣。
相左知道吧？就是吵架的另一種比較好聽的說法而已。

但問題不只是超屌團本身的內鬥，
我自己學校的崑曲社也恨他們入骨。
因為崑曲社硬生生被藝大來的超屌團搶了他們的風采，
自知實力懸殊搶不回來，竟搶起藝大超

12

那滿到溢出來的信心，在第二天早上被倒掉了一半。凶手正是藝術大學的超屌演員們（我之後都叫他們超屌團）。

這眞是諷刺！

超屌團在那天要求我們提供七部摩托車、三個導遊，女性佳，是美女最好（現在是在刊人事廣告嗎？還女性佳咧！），帶他們「嘉義機車慢慢騎一日遊」。第一個聽到這要求的是小管，他沒辦法作主，跑去問大砲該怎麼辦？在問的同時被蘇菲亞聽見，沒想到蘇菲亞說：「他們想要去哪玩？我可以當導遊之一，當然也不排斥當導遊唯一。」

大砲跟小管跑來告訴我的時候，還得一邊接住我的下巴，不然會掉到地上。

「爲什麼會這樣呢？」我有點生氣地問。

「我也不知道，他們就突然提出這個要求。」大砲跟小管頓時失措。

「昨天沒有告訴他們今天早上起就要排演嗎？誰負責通知的？」

「我啊。」小管說：「我昨天就跟他們說了，但今天他們就說要去什麼機車慢慢騎一日遊……」小管的表情顯得很無辜。

「那崑曲社的人呢？」我問。

「他們已經在演藝廳集合好了。」大砲說。

「這……」我一時也不知道該怎麼辦。

「子東……」大砲叫我。

「幹嘛？」

「我……我想……我想超屌團應該是擋不住的了……」大砲跟小管異口同聲地說。

「你們的意思是放他們去？」我皺著眉問他們。

「你是導演啊，這戲班還沒完成任務之前是你最大啊，你說了算！我跟小管只是參謀身分，給個意見而已，決定權在你啊。」

經過幾分鐘的思考，我們還是妥協了，因爲女主角都已經說要去當導遊了，我們也不知道該說什麼。而且這次超屌團來幫忙是義務性質的，除了車馬費之外，並沒有收取任何費用，我們也實在沒有立場要求他們太多。

於是大砲很快地借了七部機車給他們，然後再配上一個超美女級的導遊蘇菲亞。在學校大門前，我們嘴上掛著笑揮手跟他們說「再見，好好玩啊」，其實內心正在他媽的用力訐譙。

金教授知道超屌團變身成爲嘉義觀光團的時候，是在中午吃過飯以後了。他跑到演藝廳來看排演進度，卻只剩下崑曲社的幾隻小貓在裡面。

而當時，我正拿著劇本跟筆記型電腦，坐在觀眾席正中間的位置，指示崑曲社中徒有帥氣面貌，卻沒有任何演技的英俊小生亦維走位到正確的位置。

「陳子東！」教授一見我就大喊。

「呃！」我當然知道他要問什麼。「亦維休息一下，大家都休息一下，喝杯水吧！」

「陳子東，」教授一下子就跑到我旁邊來，「爲什麼藝術大學那些學生都不在呢？不是今天要排演嗎？」

「是今天要排演沒錯啊，但他們今天早上說要去嘉義機車慢慢騎一日遊，我們又擋不住他們。」

「什麼？你說什麼？嘉義什麼機車一日慢慢遊？」教授的眼神告訴我

他的驚訝。啊！糟糕！我忘了接教授的下巴。

「是嘉義機車慢慢騎一日遊啦！」

「這是什麼？遊什麼呀？」

「我也不知道。蘇菲亞是導遊，他們今天去哪玩，你等蘇菲亞回來再問她會比較清楚。」我說。

「什麼？蘇菲亞是導遊？她不是女主角嗎？」

「目前是導遊，可能明天就會變女主角了。」

「哎呀！你怎麼不第一時間就告訴我呢？我會出面要求他們準時來排演啊。」

「教授，我本來也想親自出面請他們留下來排演啊！但想到他們是來義務幫忙，而且不收任何費用，我實在是很難提出要求。」

「那他們有沒有說什麼時候回來啊？」看來教授也妥協了，當初就是他跟別人要求不給費用的。

「不知道耶。不過既然是一日遊，應該不會明天才回來吧。我想。」我也很無奈地說。

果不其然，到了約晚上八點左右，他們一群人回來了。一群

機車陣浩浩蕩蕩騎到致遠樓（學校提供給他們的住處）前的停車場，這時我看到蘇菲亞靠在超屌團其中一員的身上，我認得那個男生，他叫作魏旭飛，超屌團都叫他飛學長。他是藝術大學的研究生，名字聽起來像大俠，長得憑良心說也還算不賴，可惜的是矮了點，可能只有一六八公分左右。

不知道爲什麼，我看見蘇菲亞靠在他身上，竟然有些不是滋味。

「玩得開心嗎，各位？」我走到停車場，面帶微笑地上前問問。

「不錯不錯，你們指派的這個導遊眞是Nice，不但漂亮又會玩，要不是她已經要升大三，我還眞想請她重考進我們藝術大學呢！」魏旭飛說。

「是你們不嫌棄。我只是盡地主之誼而已。」蘇菲亞說。

「那各位都吃過晚飯了嗎？」我仍然有禮貌地問問。

「還沒耶。你們沒有準備嗎？」另一個超屌團的男成員說。他問話的口氣，好像我是他傭人，一定要幫他準備晚餐一樣。這個阿呆叫作劉聖億，是這次超屌團裡唯一一個帶女朋友來的（果然是阿呆）。而他的女朋友叫黃尹潔，這次將演出現代搧墳婦的角色。

「有有有，當然有。我們已經買好了便當，放在辦公室裡面，你們可以自己去拿。」雖然心裡很幹，但我還是有禮貌地說著。

當他們都離開停車場，進到致遠樓的時候，蘇菲亞走到我身邊，靠近我的耳朵跟我說：「我知道你或許在介意他們今天沒有參加排演，但相信我，今天他們沒有參加排演是對的。」

「爲什麼？」我非常好奇地問。

「因爲他們一整天都在告訴我，這部所謂的京劇A片是不會成功的，依照他們的專業知識，京劇跟現代劇就像是不同的血型一樣，是不可能在同一個舞台上融合的。」

「那他們爲什麼又答應要來幫忙呢？」

「因爲他們想紅。」

「想紅？」

「你想想，他們念藝術大學，無非是想進入演藝界嘛。如果這部戲讓他們演出成功，他們就不需要擔心出路了不是嗎？」蘇菲亞說。

「但既然他們說兩種不同的表演方式不能在同一個舞台呈現，又爲什麼要接這個演出？不是認爲不會成功嗎？」

「對，所以他們來的目的，就是要讓你們看到他們的演技，然後放棄我們的崑曲社。」

「這心機會不會搏太大？」我開始害怕他們的鬼幹精明。

「我早在他們說那句『拜託！你們不是要拍京劇A片嗎？那京劇交給你們崑曲社，A片就交給我們啦！』的時候就聽出他們的計畫了。」

「那妳爲什麼沒告訴我？」

「因爲我有讓他們站在只是配合的角色參加演出，而不是改變我們原本計畫的辦法。」

聽完蘇菲亞這句話，我想起我脖子上的那顆草莓，突然覺得其實眞正可怕的人是蘇菲亞。

「什麼辦法？」我問。

「找出他們的領導者，然後誘惑他，由他來影響超屌團，但其實我們才是操縱者。」

「你是說，我們來扮演慈禧太后？」

「對。皇帝讓他們當，但其實朝政在我們手上。」蘇菲亞說。

回 真正可怕的人……

13

「那麼，妳認爲誰才是超屌團的領導者？」我問。

「你沒看出來嗎？」

「嗯……」我思考了一會兒，「妳是說魏旭飛？」

「不然還有誰？你覺得他們當中除了魏旭飛之外，還有誰比他更有領導氣息？」蘇菲亞自信地說著。

「所以，妳今天故意幫腔說要帶他們去嘉義機車慢慢騎一日遊，就是要去誘惑魏旭飛？」

「還不到誘惑的程度，今天會選擇當他們的導遊，其實有兩個目的：第一，要確定魏旭飛在他們當中說話的地位；第二，要混入他們的團體，讓他們以爲我是站在他們那一邊的。」

「可見妳成功了。」我笑著說。

「那倒未必，這必須看他們明天開始排演的時候，是不是把我當自己人。如果是的話，那才算是成功。」

「所以妳是犧牲小我，完成大我囉？」

「這還不都是因爲你。」說完，她就躺到我身上。

對了，我忘了說。我們談這些話的時間是在當天晚上，地點在蘇菲亞的床上。但我是坐著的，她是躺著的。我的衣服褲子都還完整地穿在身上，她已經換上有些透明的輕棉紗衣。

爲什麼會突然轉換場景到她家來了呢？因爲這是電影小說，所以要有電影換場剪接的感覺。

你們有感覺嗎？有吧。有換場換得很漂亮的感覺吧。

「那……」我有些疑問。

「怎麼？」蘇菲亞問。

「會不會其實魏旭飛只是比較外向多話而已，他們當中其實有另一個更冷靜睿智的人？」我左手比個「七」字型，放在下巴左右來回移動著。

「拜託，導演，你太入戲了。」

「啊？」

「我跟他們算盡心機，可不是要你也跟他們算心機啊。更何

況你剛剛所說的什麼『有另一個更冷靜睿智的領導者』？你分明就是電影電視看太多。」

「妳的意思是，不會有另一個隱藏人物嗎？」

「還隱藏人物呢！你以爲在打電動喔？還上上下下左右左右ＢＡ呢。」她突然用起男生的口吻說著。

「哎呀！妳也知道這個？」我好生驚訝！

「我可是絕頂聰明的蘇菲亞啊！」她說。

沒錯，她確實是絕頂聰明的蘇菲亞。

隔天的排演，出現了魏旭飛跟蘇菲亞說了算的情況。只要魏旭飛說聲肚子餓了，超屌團就喊著想放飯了，只要是蘇菲亞說腳有點痠了，超屌團就說想休息十分鐘了。總之，除了我之外，他們只把魏旭飛跟蘇菲亞的話聽進去。很明顯的，在一旁的崑曲社對他們來說像是隱形了，變空氣了，不存在了似的。

而另一個重點是，魏旭飛似乎已經中了蘇菲亞的美人計，連續兩餐都刻意坐在蘇菲亞旁邊，而且盡其所能地獻殷勤裝溫柔（銬！看了就有醋！）。

這天的排演時間是早上九點到晚上六點。感覺像是整個戲班都打卡上班一樣。第一次有大家都在爲舞台劇努力的感覺，心裡非常地踏實。今天唯一接到的小抱怨是來自崑曲社的侯社長，他說超屌團昨天自己不來排練，今天就佔用了舞台的排演時間，讓幾個崑曲社的演員在台下空等幾個小時沒有舞台用，他爲此表達抗議。

這時大砲立刻安排他們在舞台後方，也就是大型帷幕後面的那一塊空間練習。我則是拿著劇本兩邊觀看，一面看著超屌團神速的排演進度，一面擔心崑曲社那些難以拿捏的情緒和京曲唱板。

扮演莊周的「徒有帥氣面貌，卻沒有任何演技的英俊小生亦維」此時正在排練莊周自我介紹的那一段。

「卑人姓莊名周字子休，宋國蒙邑人也。只因拒受楚國之聘，無意仕途，故而隱居山林，一心求道，轉眼不覺已過數載。娶妻田氏，獨守家園，未知近日景況如何？雖說悟道參理，心下尚且掛念，看今日天色晴和，不免返家探望一番便了……」他一邊用京戲式的說調一個字一個字地唸，一邊在熟悉我要他走到位的每一個位置。

「呃，我說那個徒有帥氣面貌，卻沒有任何演技的英俊小生

亦維啊，我要跟你說……」我說。

「啊……導演……我、我的名字沒那麼長。」亦維說。

「啊！抱歉抱歉，我是說亦維啊，你可以直接以侯社長教你的方式唸出那些自白，但你不要唸著唸著忘了位置在哪啊。」

「我記得啊。」他說。

「你哪裡記得？你自己看看你現在所站的地方，是我要你走到的地方嗎？」

「不是嗎？唸到『心下尚且掛念』的時候不是在這個點嗎？」他繼續跟我爭辯。

「是啊！但是我問你，你剛剛唸到哪？」我開始壓抑情緒。

「我剛剛是唸到『心下尚且掛念』啊。」

「但我剛剛聽到的是『不免返家探望一番』耶。」我不耐煩地說。

他的表情非常地懷疑，眼神跟眉頭都在問我「眞的嗎？你不會唬我吧」，然後他轉頭看侯社長，侯社長跟他點點頭。他又轉頭看向大砲和小管，大砲跟小管也跟他點點頭。他又轉頭來看我，我堅定卻無力地跟他點點頭。

「導演，我有一個問題。」他這時收起懷疑的眼神說。

「你說。」我扁了眼睛。

「如果我眞的走到那個位置的話，那正式上台的時候，我就會走到他們那邊去了。」他指著超屌團，「不是說舞台分成兩部分嗎？」

「我就是要你走到那個位置，你不要管他們在哪裡嘛。」我已經受不了他的資質駑鈍。

「可是，我走到那邊之前，我的自白還沒唸完啊。」

「那是你沒有走完另一邊的那些位置啊。」

「我沒有走嗎？我有走吧！」

我的天，我再也受不了他的固執。

「侯社長！」我大聲叫。

「有！」侯社長回應。

「你跟我出來。」我說完就走出演藝廳，侯社長跟在我後面。

「來，告訴我，你還有其他人選。」我深呼吸一口後說道。

「……」他沒說話，眼睛裡有著害怕跟無辜。

「請你告訴我，你社團裡還有別人。」我再一次深呼吸說

道。

「……」他還是沒說話，眼睛裡有了更多的害怕跟無辜。

「我求求你告訴我，你的崑曲社一定有比他稍微聰明一些些……真的！我要求不多，一些些就好了，我求你給我另一個人來演莊周……」換我快哭了。

「……」他依然給了我一樣的反應。

這下完了！我心裡暗叫著。

「那你呢？你可以演莊周嗎？」

「導演，我沒辦法啊！」

「爲什麼？你來演莊周，什麼都解決了。」

「那……那就沒人演李同了。李同的台詞可是比莊周要多啊。」

「那叫小A小B小C把李同的台詞改掉，甚至不要這角色也行。」我說。

「導演，現在距離公演只剩九天，你現在改劇本，會不會太……」

「那、那你至少想辦法把亦維給我換掉！」

「沒人可以換的。亦維是最好的人選，他只是比較固執而已，其實他

把台詞背得很好。」侯社長說。

「那怎麼辦？他連走到我要的位置都不會。」

「導演可以跟亦維繼續溝通看看，他只是比較固執跟遲鈍而已。」

「我都快受不了了。」

「不然，我有一個人選，但我想導演應該……不會接受他！」

「誰？」我問！

天！果然有隱藏人物！

14

「一個被藝術大學退學的人，他其實很有表演天分，只是他的毛病很多。」侯社長說。

「什麼毛病?舉個例子來聽聽。」

「他說話很囉嗦很奇怪很莫名其妙，只要是稍有姿色的女生他就想上，做人失敗而且要求很多，早午晚三餐都要求熱量檢測，消夜不能有炸的。睡要睡在雙人床，如果有水床他會稱讚你服務不錯。枕頭要準備四個，當你問他爲什麼一定要有四個枕頭，他會回答你他要枕兩個抱兩個。他會要求戲班跟導演稱呼他第一男優，因爲他的人生目標之一就是到日本去拍A片。他最希望跟川島和津實合作，他說他收集了一整套川島的A片精選，每當他看見川島的身體就會不由自主地起了男性生理反應，他甚至用過『上帝的充氣娃娃』這個連神都會驚訝的名詞來形容川島。此外，他會要求跑步機一台，二十五磅的啞鈴兩個，仰臥起坐器一組，並且要求聘請專業健身師一位，每天早上陪他跑步，爲的就是保持他的身材。他的自

戀曾經讓他的教授翻臉，他上課時帶著SK II在教室裡學習怎麼美白，還畫上眼影像是被黑道討債挨扁一樣。他那個學期的期末報告寫的是『如何讓下輩子的你也愛上現在的你』，他簡直把這報告當作是什麼明星書在寫，還曾經投稿到商周出版去，聽說接到這稿子的編輯因此像是中邪了一樣，在家裡躺了五天。最後，他曾經因爲主要模特兒生病發燒去代過一次平面模特兒的班，其實拍的只有他身上西裝的一角跟手上的手錶，根本就沒有拍到臉，當天的酬勞是便當一個，車資三百，他就自以爲已經是個明星。」

我的眼睛瞪得好大，嘴巴開開地看著侯社長，「呃……你、你說完了？」

「嗯。我說完了。」

我有些不可思議，「你確定你剛剛講的那些叫作毛病？」

「不然呢？」侯社長的表情顯得有些不解。

「你知道毛病的定義嗎？就是小小的，跟毛一樣大小，無傷大雅卻有些奇怪的行爲才叫作毛病。」

「呃……然後呢？」

「你剛剛不像在講所謂的『毛病』啊！」

「那不然呢？」

「你剛剛根本就是在說一個神經病！」

「導演，我剛剛只是『簡述』，如果你要了解更多，我可以繼續說。」

「啊！不用了不用了。」

「那，導演確定要叫這個人來嗎？」

「你確定你剛剛所說的是一個『人』嗎？」我苦著臉皺著眉。

「以人的標準來說，他的確不是個人，如果導演確定要叫他來，我可以現在就幫你打電話，我想以他閒閒沒代誌的程度，你明天就可以見到他了。」侯社長說完就拿出他的手機。

「等等等等！」我趕緊先制止他。「我先問你，叫他來之後，如果不用他，要趕他走容易嗎？」我說。

「容易，只要給他一個女人。」

「什麼意思？」我不太了解。

「聽過如何讓驢子不偷懶的笑話嗎？」侯社長說。

「沒有。」

「就是用根小竹竿綁在驢子頭上，竹竿上用線吊著一根蘿蔔，垂在驢

子眼前，這時驢子會不斷地往前走，以爲可以吃到那根蘿蔔，但其實……」

「你的意思是要犧牲一個女孩子當那根蘿蔔？」我問。

「對！而且那女孩子可能要有晚節不保的心理準備。」侯社長說。

然後侯社長看我一臉猶豫，就給了我那個神經病的電話，他說：「導演，他不只是個神經病，還可能是個災難，即使他眞的可以把你的莊周演得很好，他都可能搞瘋戲班所有人，所以，你還是考慮一下吧。」

「嗯，我知道了……」我說。

「他的名字叫作柯華，外號叫作色鬼。你叫他色鬼就好了。」

「天！」我抓著頭髮，「直接叫他色鬼？他不會翻臉嗎？」我害怕地問著。

「不會，他非常享受這個外號。」

「爲什麼？」我好生驚訝！

「他說過一個故事。大家都知道李白是因爲喝醉酒，以爲月亮掉進了湖裡，所以跳湖撈月淹死的，對吧？」

「對。」我說。

「但他說其實不然。李白跳湖當天會買醉的原因，其實是因

爲他失戀，花了數兩銀子到迎春樓桂花苑之類的酒店嫖妓，但因爲酒精過量導致不舉被轟出酒店。心情鬱悶之下走到湖邊，在那湖面上看見一個美女，竟然起了反應，於是跳湖尋春，結果淹死。」

「噗！」我差點被自己的口水嗆著。

「他說算命的跟他講，李白似乎是他的前前前前前前前世，所以他可以明白李白當時的心情。就連史上第一詩仙李白都會爲女人付出生命，那男人被命名爲色鬼就是一種恭維。」

其實我再也聽不下去了。這傢伙簡直有病到了極點。當下我打消了叫色鬼來演莊周的念頭。但亦維的表現仍然讓我頭痛。

那天晚上我在家裡感到非常心神不寧，安安看我煩惱已經淹沒了頭頂，走到我身後替我按摩了幾下。

「怎麼了？看你的眉頭深鎖，從回來到現在都沒有打開過。」她說。

「唉……」

「要不要說來聽聽？」

「也沒什麼，爲了舞台劇的事，我眞的是煩到不行。現在演莊周的人是個白癡，我考慮要換角的對象卻像個災難。在白癡與災難之間，我眞不

知道怎麼選擇。」我煩躁地抓著頭髮。

「先想想你最後需要的是什麼結果，再來做這個決定啊。」

「我想要的結果當然是舞台劇成功啊。」我轉頭看著安安。

「那就對了呀！選擇哪一個能讓舞台劇成功，你就選擇哪一個啊。」

「妳是說，選災難嗎？」

「我不知道你所謂的災難是誰，不過，如果他會讓舞台劇成功，這災難也不需要多久就可以撐過去了，不是嗎？」

安安說的話又讓我開始有了叫色鬼來演莊周的勇氣。她說的沒錯，就算災難再恐怖，也只是最後八天的時間而已，咬著牙就撐過去了。

我帶著比較輕鬆一些的心情去洗澡，洗完出來之後安安已經睡著了。

我一邊擦著頭髮一邊連上MSN，大砲立刻丟了訊息給我。

我是大砲：子東，爲什麼你電話不開機？

導演不是人當的：我電話沒電了，怎樣？

我是大砲：剛剛發生了一件事情。

導演不是人當的：什麼事？

我是大砲：你還記得劉聖億吧？

導演不是人當的：記得，就是超屌團裡那個帶女朋友來的。

我是大砲：剛剛他跟亦維發生衝突。他狠狠地把亦維打得半死。

導演不是人當的：爲什麼？

我是大砲：因爲你今天跟侯社長在外面談話的時候，他一直在笑亦維不會演戲就算了，連導演的話也不會聽。兩個人當時就已經快翻臉了，還好被魏旭飛跟蘇菲亞阻止了下來。

導演不是人當的：那剛剛爲什麼又打人了？

我是大砲：因爲亦維愈想愈不爽，竟然想出了一個報復的方法。

導演不是人當的：什麼方法？

我是大砲：他竟然約劉聖億的女朋友黃尹潔晚上九點時在湖邊碰面散步。

導演不是人當的：……—>—

我是大砲：最扯的是，黃尹潔竟然答應了！

導演不是人當的：……—◁—≡

我是大砲：後來終於搞明白了，原來黃尹潔早就跟劉聖億同床異夢

了。

導演不是人當的……⊙◁⊙≡

我是大砲：黃尹潔在劉聖億面前大聲地說要跟亦維在一起，引發劉聖億的殺機！

導演不是人當的：那，現在亦維有怎麼樣嗎？

我是大砲：已經從醫院回來了，頭上縫了七針。身上瘀血黑青那些就不用說了。

導演不是人當的：那……莊周怎麼辦？

我是大砲：肯定要換人了。

導演不是人當的……

沒想到……當我還在猶豫無法抉擇的時候，老天爺已經替我做出了決定。

我趕到致遠樓的時候，大砲跟小管也正好趕來，那時超屌團的人都在安慰劉聖億，但我可以了解他的心情，他根本什麼都聽不進去，他一心只想致亦維於死地。劉聖億甚至氣到想喝寧靜湖的湖

水自殺，還好是蘇菲亞告訴他，那死狀可能會比喝鹽酸自殺更恐怖而作罷。想也知道他是沒辦法演下去了，他這天晚上行李收一收就回藝術大學去了。臨走前還對黃尹潔撂下狠話說：「我就不信那傢伙會比我更持久！」

當然在場的人都知道，他所謂的持久，其實指的是戀愛的時間長度，但因爲他的用字遣詞失當，使得大家臉上同時出現三條線（大砲臉比較大，所以有五條）。

這下完了，距離公演只剩八天，卻有兩個角色跟戲班說再見。

不知道藤井樹來演莊周會演成怎樣……

15

「小管。」我買了瓶飲料遞給他。

這天是公演的前七天，超屌團繼續依著進度排演前進，崑曲社的人只有侯社長在，其他人都去宿舍探望亦維。

「嗯？幹嘛？」他的表情顯得有些訝異。

「幫我一個忙。」我說。

「不會吧？你在打什麼主意？」他的表情從訝異變成了驚恐。

「接劉聖億的角色，幫我演莊周，現代版那個。」

「不————————————」

他把飲料遞到我面前，直到我伸手接過飲料，他的聲音才停止。

「你不要把聲音拉那麼長，這樣小說版面看起來像是有一條分隔線。」我說。

「你在說什麼呀？」

「沒啦！沒事！」

「我可不管你在玩什麼把戲，總之，你要我幫什麼都行。但是演現代莊周？哼！門都沒有！」他的拒絕語氣非常堅定。

「爲什麼？又不很難！」

「拜託！我根本就不會現代劇，你是要我上去出糗喔？而且那是超屌團的地盤，我過去肯定被排擠的啦！」

「有蘇菲亞在撐腰，你不用怕嘛！」

「就是不要啦！不然是沒有別人了喔？還有大砲啊！你不會叫大砲演喔！」他的手在我面前晃動。

「大砲？拜託你看看他幾公斤！他演莊周是能看喔？舞台都佔掉一半了！」

「又沒關係！現代版的莊周發福了可以吧？解釋得通啊。」他揶揄的口氣裡依然有著堅決不演的拒絕。

「通你個B啦！好吧，算了。我還是找別人好了，不勉強你。」

「謝謝謝謝！東哥您眞是好人，謝謝您放我一馬！」他作勢按摩我的肩膀，一臉鬆了一口氣的模樣。

吃過午飯之後，我坐回導演位置上低頭不語，戲班的每個人

都在演藝廳外聊天，只有蘇菲亞注意到我一個人留在廳內。她走到我身邊，身上的香味立刻包圍我。

她今天穿得很露，胸前的V領幾乎要開到肚臍。

「導演，怎麼了？看你好像很心煩。」

「妳這麼聰明，應該知道我在煩什麼吧？」我在說這句話的時候，其實眼睛不知道要放哪裡。

「我想，你煩的除了角色沒人接演之外，就是……」

「就是啥？」

「就是你好幾天沒有解放的男性衝動了。」她說著說著，開始撫摸我的胸膛。

「呃……在這裡最好不要這樣，等等有人進來就不好了。」我有點害怕，又有點享受。

「如果導演不否認我所說的……今天晚上我家還是沒人。」

「呃……這個暫時不重要。重要的是到底還有誰能演莊周？」

「導演找不到人嗎？」她拉了一張椅子坐在我旁邊。

「我剛剛找了小管，他非常堅決地說不。」

我把一早我跟小管的對話跟蘇菲亞說了一次，蘇菲亞聽完笑了一笑說：「導演，你覺得小管適合演莊周是嗎？」

「妳覺得不適合嗎？」我有些失落地低頭嘆氣。

「不，我也覺得他再適合不過了。莊周是個哲人，感覺上應該瘦骨嶙峋的，而且臉上表情看不出心裡的思想，小管的臉再掛上假鬍子，一定像極了莊周。那個劉聖億一點都不適合演莊周，一副再多幾公斤就能開始練健美的感覺，雖然他看起來有點壯，可是那腿毛稀疏得讓人懷疑是不是性功能有問題。而且那對眼睛像狐狸似的奸詭，你永遠不知道他對你笑的時候心裡是不是在罵人。」

「嗯嗯嗯！」我點頭如搗蒜地說。

「不過，小管如果堅持不答應，我們也沒辦法。」

「是啊。」我繼續低頭嘆氣。

「讓我來跟小管說說看吧。」蘇菲亞拍著我的肩膀說。

「眞的嗎？那眞是太謝謝妳了！」我喜出望外。我怎麼會沒想到請蘇菲亞來跟小管說呢？他是蘇菲亞的第一號學伴，也是蘇菲亞的粉絲，如果由蘇菲亞來請他演出莊周，他再怎麼不願意也會答應

吧！

我心中的兩顆大石總算是放下一顆，心情也好了許多，不過到了下午，崑曲社的人都從亦維的宿舍回來加入排演之後，他們每個人的眼神又開始讓我難過。他們每雙眼睛都看著我，彷彿在告訴我：「導演，沒有莊周，我們怎麼排下去？」

「侯社長。」我再一次把他叫到外面。

「導演，什麼事？」

「你可不可以再一次跟我確定，你眞的沒有其他人選可以演莊周了。」

「導演爲什麼這麼問？」侯社輕微地皺了一下眉頭。

「因爲……」我拿起手機，「這通電話撥出去，災難就會來了！」

侯社長看了看我手上的手機，再看了看我的眼睛，他低頭，輕輕搖了兩下，然後嘆息，「你打吧！導演。不瞞你說，這傢伙還欠我兩萬塊，你只要報上我的名字，我想他應該會看在欠人錢矮三截的份上不敢太囂張才對。」儘管他說色鬼應該不會太囂張，但他的語氣裡卻充滿不確定的意味。

我的心臟像是被狠狠地捏了一下，那種痛苦眞是難受。看著侯社長離

去的背影，我突然覺得世界末日又要來臨了！

撥出電話之前，我不斷地在做心理準備，但我知道再怎麼做心理準備都沒用，因爲災難總是會造成損害。

我鼓起勇氣打電話給色鬼，時間彷彿被他的電話鈴聲給凍結了，不！應該說，我的世界彷彿被他的變態鈴聲給凍結了。

他的答鈴是這樣的：「喔——親愛的！快點嘛！你快點嘛！我快受不了了！你快點來嘛！別讓我一直在這邊叫嘛！快點啦！快點接電話啦！啊——」

最後的那個「啊」是一聲尖叫。我眞不知道他這是哪裡弄來的電話答鈴。

「喂。」電話被接起來了，傳來一個男人疲累的聲音。

「你、你好！請問是……呃……柯先生嗎？」我又緊張又害怕。

「你誰啊？」

「是、是這樣的。我是一部舞台劇的導演，透過一位侯先生的介紹，他說你的演技超凡，想請你來接演舞台劇。」

「你哪個劇團啊？」

「呃……我不是什麼劇團，我只是一個大學生，要辦一個舞台劇公演，想請你來擔任主角。」

「主角？」他的聲音有點精神了。

「是的，主角！」

「你說是誰介紹你找我的啊？」

「是中正大學崑曲社的侯社長。」

「啊！」他叫了一聲，然後就沒再說話了。

「嗯？喂？聽得見嗎？柯先生？」

「是……侯耀生嗎？」

「對。」

「我的天，他果然還記得我欠他兩萬塊……」

「什麼？」

「沒什麼。你說你中正大學要辦舞台劇是吧？」

「其實中正大學只是第一場，如果票房不錯的話，當然會繼續全國巡迴。」

「喔？那你放心，有我的加入，一定會有驚人票房的。告訴我，我什

麼時候去戲班報到？」他說。

他臭屁的口氣讓我有點想掛電話了。

「呃……不瞞你說，只剩一個禮拜的時間就公演了，所以……」

「你的意思是今天？」

「嗯，如果可以的話。」

「唉……好吧。其實我平常是很忙的，但看在你這樣懇求的份上，我今天就過去吧！排演地點在哪啊？」

我哪句話裡有懇求的味道了？

「嘉義中正大學。」

「好，我現在就趕過去。待會見。」

「等等等等！」我急忙阻止他掛電話。

「幹嘛？」

「呃……是這樣的，柯先生，我不知道你的價碼是多少，能不能先跟我們說個大概，我們好打薪水給你。」

「這個先不需要電話談，等你看到我的表現之後再來談錢吧！對了，住宿的地方有雙人床嗎？水床更好。我要四個枕頭啊，還

有，三餐不可以熱量太高，給我一個專屬的營養師更好。另外啊，跑步機、啞鈴、仰臥起坐器都要替我準備一下。就先這樣啦。」

他喀啦一聲掛了電話，演藝廳外的寧靜向我襲來。

「完了……我好像挖了一個大洞要自己跳……」我在心裡這麼對自己說。

似乎永遠沒完沒了的世界末日。

16

當天吃過晚飯後，安安反常地打了電話給我。通常我在排戲或在忙著處理事情的時候，她是不會打電話來的。

「子東，你在忙嗎？」電話裡她的聲音有點撒嬌。

「就快忙完了，最後幾場戲排一排就OK了。」

「眞的嗎？那你大概什麼時候會回來？」

「這不太一定耶，我今晚要去等一個人，他是要接劉聖億的位置的，就是我跟妳說過的那個災難。」

「那，你可以撥個時間回來嗎？我有事情要跟你說耶。」

「電話裡不能說嗎？」

「哎呀！人家想跟你當面說嘛。」她的嗲聲讓我的身體愈來愈麻。

「好好好，我盡量早點回去。」

「好！我等你回來喔。」

掛掉電話之後，我心裡一直在好奇著她到底要跟我說什麼。這時候演藝廳外面一陣騷動。我只聽見大砲一直在喊：「先生，你要找誰？我們正在排戲，不能闖進去……」

然後，我看到一個身影很快地走進廳裡，他先看了看四周，然後往台上跑去。他走到舞台的正中央，然後把他背上的袋子丟到一邊，這時超屌團跟崑曲社的人都停止了動作，所有人的眼睛都盯著他。

「對！就是這種安靜，我登台的時候，就是有讓所有人安靜的魅力！」他說。

我想，這不需要介紹了。他就是柯華，那個災難。

「相信你們對我不是太陌生，因爲古今中外潘安、唐璜、西門慶、羅密歐和哈姆雷特死去的鬼魂全都附身在我身上，所以我應該不需要自我介紹。我就是柯華，但認識我的人都知道我喜歡被稱爲色鬼，想知道爲什麼的人不用急，我會從我寶貴的忙碌時間裡分出一些些空檔來爲大家解釋。我就是目前劇場界男一號最佳人選，要不是陳子東導演苦苦哀求，我是不會來到這個鳥不生蛋、老鼠不抓貓、女生又這麼少的小小劇團排戲。不過既然我來了，我就會拿出我百分之一的演劇實力，因爲憑良心說，我演劇

實力的百分之一，就已經接近布萊德彼特了。相信這部舞台劇有我的加入，一定會有絕佳的票房，各位的成功也指日可待了！知道爲什麼嗎？因爲一人得道，雞犬都會升天啊。不過，在我加入排演之前，麻煩先派個助理之類的工作人員，幫我把旁邊那個我的行李拿到你們替我準備的房間去好嗎？」他說。

這時現場一陣靜悄悄，沒有任何一個人動作或是說話，只有他一個人站在原地看著所有人，然後又繼續說：「你們剛剛都沒聽到我說的嗎？沒人要來幫我提行李是嗎？很好！導演呢？陳子東導演，你在哪裡啊？」

就在我要應聲的時候，魏旭飛喊了一聲「學弟？色鬼學弟？」，接下來就是一段眞情相擁、兄弟相認的畫面了。看樣子柯華當年在藝術大學應該是非常有名的學生，連魏旭飛這樣極有領導氣息的人都對色鬼帶著敬意。

等到他們相認完了，我走到色鬼旁邊，伸出手要跟他一握，「色先生……啊！不！是柯先生，沒想到你眞的動作這麼快，才一個下午的時間，你就已經來報到了，眞是謝謝你來幫忙。我是陳子東，替戲班感謝你的參加。」

然後他說：「這只是我平時速度的三分之一而已，我其實還

可以更快的！但因爲臺灣的高速公路你也知道，塞車的時間比車子在動的時間還多，我又是個守規矩的良好公民，所以我不超車不超速，一路慢慢地從臺北開車下來，這途中我想了很多，我該怎麼去詮釋我所要飾演的那個角色，想了很久想了很久，一直沒有頭緒，後來才發現，原來是導演你沒有告訴我我要演的是什麼角色，哈哈哈哈哈哈哈，難怪我沒辦法去思考我該演些什麼嘛。不過導演，你現在可以告訴我那個角色是屬於哪一種情緒發酵比較多的嗎？這樣我就可以利用今天晚上的時間來反覆練習那種情緒。你知道的嘛，像我們這種專業的演員，是需要一些時間來揣摩那角色的心境的。」

你的下巴還在嗎？我的下巴已經在地上了。

他果然不是普通的囉嗦，而根本就是囉嗦到了極點。我非常擔心這本小說裡寫了太多他的廢話而影響銷售量，不過他就是這麼囉嗦我也沒辦法。

就在我要跟他稍微說明一下他所要演的角色時，他看見了黃尹潔，然後不到一秒鐘的時間就消失在我面前，出現在黃尹潔的身邊。

「這是……我的學妹嗎？」他看著黃尹潔，一手拉過魏旭飛來問。

「是啊。色鬼，她叫黃尹潔，在戲裡她演的是現代的搧墳婦，會跟你搭檔到一場滿大的戲喔。」魏旭飛說。

不過魏旭飛剛剛說的，我想除了名字之外，其他的色鬼一定都沒聽進去，他只是把臉湊近黃尹潔的耳朵，然後就看見黃尹潔一臉苦笑。當然我們都不知道他到底跟黃尹潔說了什麼，不過在一旁崑曲社的亦維已經一臉大便了（亦維被我換掉之後一點都不難過，因爲他有了黃尹潔，現在已經變成一個稱職的「顧某先生」了。不懂嗎？請用台語唸）。

爲了不讓事態擴大，我趕緊跟大砲提起他的行李，然後我喊了一聲「今天就練習到這裡，明天一早繼續，大家收工吧」，就以最快的速度把那災難帶離演藝廳，來到致遠樓。

「想不到我藝術大學的學妹，也有這麼清純可愛型的。我這幾天排演會更有精神了。」在到致遠樓的路上，他口中自言自語地唸著。

到了致遠樓爲他準備的房間之後，我請大砲去幫他買一份「看起來很清淡」的便當，不然我會擔心他要我檢測食物熱量（大砲一臉莫名其妙地看著我，然後很無言地離開）。

「柯先生……」我說。

「不，導演，請你叫我色鬼。」他打斷了我的話。

「好，呃……色鬼。」

「嗯嗯！沒錯！就是這個光！」

頓時我臉上三條線，眞不知道他怎麼會這麼奇怪。

「色鬼，如果你一路奔波，現在還不覺得累的話，我想跟你講一下你的角色。」

「好，導演請說。不過在說之前，能不能讓我先看看演員表？」

我滿臉疑問地從大砲的包包裡拿出演員表跟劇本，「這是演員表跟劇本，你先看看。」

然後我就看他把劇本丟在一邊，先翻動演員表，然後「一……二……三……」地這樣唸著。

「你在算什麼？」我好奇地問。

「怎麼女生這麼少？才三個？」他說。

「呃……因爲大劈棺裡面，女性的角色本來就不多。」

「唉……」他嘆了很長的一口氣，然後看似勉強打起精神地看著我說：「導演，你可以開始跟我說我該演些什麼了。」

我慢慢地把劉聖億原本的角色講給他聽，並且告訴他爲什麼會在排戲到最後的關頭突然換角色。

「什麼！」他晴天霹靂地抓著頭，「我可愛純潔的學妹已經有男朋友了？」

「呃……是的。」我說。

「天啊……」

「這……色鬼，你、你很難過嗎？」

我才剛說完這句話，他就已經淚流滿面地抬頭看著我。我嚇了好大一跳！

「喔買尬！你、你不需要這麼難過吧！你跟黃尹潔剛剛見面的時間才不到十秒，你不會已經愛得這麼深了吧？」我說。

「你不懂！」他繼續哭著說：「你不懂我們藝術人的感情濃烈，像是一罈濃得成膏的酒，一旦化開了，是會讓人在瞬間就醉倒的！」

「這、這……那，我能幫你什麼嗎？」

「不，不用！我會自己一個人堅強地走出這一關，你不需要給我任何的安慰，讓我用淚水來稀釋我的痛苦吧！」

「那……色鬼，請、請你節哀？」

講完節哀兩字，我還不知道爲什麼地語氣上揚，因爲我覺得很奇怪，不知道節哀用在這裡對不對。

這時候大砲回來了，他把便當放在桌上，當大砲看見色鬼哭得亂七八糟的時候，他也是一臉莫名其妙。

我跟大砲沒有繼續打擾色鬼的哭泣，只是叮囑他便當跟劇本放在桌上，希望他用過餐之後先看一看，明天早上九點開始參加排演，然後我們就走出色鬼的房間。

「我剛剛在外面遇到小管，他說他願意替亦維演出崑曲莊周的角色。」離開色鬼的房間之後，在致遠樓的長廊裡，大砲這麼跟我說。

聽完我心裡湧上一股興奮、一陣歡呼！我眞是由衷地佩服蘇菲亞，她竟然輕易地就讓小管答應演出。

「還有另外一件事。」大砲繼續說：「蘇菲亞剛剛叫我轉告你，她今天晚上在她家等你。你一定要去！」

其實，在大砲跟我說完這句話的時候，我大概就猜到今晚我的晚節不保了。我知道蘇菲亞一直很想跟我上床，而且已經到了一種明顯到不行的

地步。我不知道原因爲何，也一直沒去討論它，但她從一開始給我的感覺就是「陳子東，我一定要把你吃了」。

而終於在今天晚上，我得到了答案。在我到她家之後。

肉體與理智之間的角力，肉體的勝場數總是比較多。

WAKE
UP

再見了，戲班。再見了，妳。

其實這一切好像就不應該開始的。

我的意思是說，我本來就不該得獎的。
我沒有得獎的話，就不會有今天這一切的發生，
感覺像是一場鬧劇，更像一場風暴來襲。

很快地來，很快地去。

果然，還是走到了所有人都害怕的那一步。
就是說再見。

只是，為什麼連妳也說再見了呢？

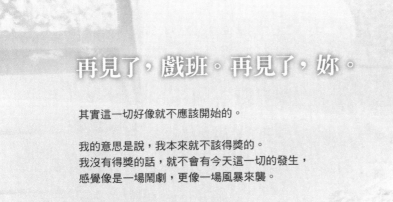

17

「我喜歡你。」蘇菲亞說。

「我一直都很喜歡你。」蘇菲亞說。

「爲什麼我已經明示暗示，也主動了那麼多次，你就是不知道我喜歡你呢？」蘇菲亞說。

「我剛說了，我已經有女朋友了。」我說。

「我知道你有女朋友，但也只是女朋友啊，我跟她不能公平競爭嗎？」

「這……這是不太對的。我不否認我對妳很欣賞，也很喜歡，妳聰明美麗，而且多才多藝，只要是男孩子看見妳，大多會被吸引。但我已經有女朋友了，我覺得我沒辦法對不起她。」

我們在說這些話的時候，我光著上身，只剩下牛仔褲跟內褲還穿在身上。而蘇菲亞已經脫掉內衣了。

在我剛進到她家的時候，她很直接地向我走來，在她抱住我的時候，我聞到了些許酒味。然後她拉著我的手到她的房間，很快地，她的唇覆上

了我的唇，然後開始慢慢一顆一顆地解開我襯衫的釦子。我的男性反應使得我接近失控邊緣，我伸出手撫摸她的臀部，慢慢地往上移動，然後是腰部，然後是胸部。

「你喜歡我嗎，子東？」她一面親吻我的嘴，一面問著我。

但說眞的，我實在沒辦法回答。

「你喜歡我嗎，子東？」她又問了一次，然後她自己把上衣給脫了，正在解開她的內衣扣。

我還是沒有回答，我心裡只想著一句眞心話：「妳的身體很誘人，但我不能對不起安安。」

當她開始親吻我的脖子時，我很快地推開她。

「蘇菲亞，冷靜點，我今天來，不是要找妳上床的。」我很直接地說。

「我知道，但是我想跟你上床！」該死，她比我更直接。

「不！妳聽我說，」我說完，深呼吸一口氣，「我承認我很想跟妳發生……純肉體關係，但我已經有女朋友，我不能對不起她。」

「有女朋友又怎樣呢？我不能跟她公平競爭嗎？」她說。

然後就是這一集最前面所寫的那些對話了。

我跟蘇菲亞在她的房裡談了很久，當然，大部分的時間都花在沉默上面，因爲我們都不知道該開口說些什麼。我問了蘇菲亞爲什麼會喜歡我？她說，她也不知道，對我就是一種很想得到、很想在一起的感覺。我反問她，那屌面人呢？他不是妳男朋友嗎？

「不是。我根本就不知道他是誰。很多人都自稱是我男朋友，我一概否認的，因爲我只喜歡你。」她說。

「那妳爲什麼要散布妳已經有男朋友的消息呢？」

「那個時候確實有一個男朋友，但我們很快就分手了，因爲他有很多個女朋友。我才不喜歡花心的人。」

「呃……沒有人喜歡花心的人吧。」

「對啊。所以我喜歡你，你很癡心。」她說。

「妳說的沒錯，所以，我更不能對不起安安。」

「你眞的不給我機會嗎？我其實是可以等一段時間的。」

「什麼時間？」

「等你跟她分手的時間啊。」她說。

好幾個小時的時間過去了，蘇菲亞的「求愛」我是明白而且堅定地拒絕了。我不知道蘇菲亞會不會難過，但那從來就不是我的責任範圍，我的責任範圍在家裡，是那個在家等我的安安。

在回家的路上，我一直在想蘇菲亞說的那句話，「等我跟安安分手的時間？那大概要等到好久好久以後了。」我心裡這麼說。

沒想到，錯的是我。

色鬼在報到後的第二天就愛上蘇菲亞了。對，你沒看錯，他「又」愛上蘇菲亞了。要愛上一個女孩子對他來說只要一秒鐘的時間。不過相信大家已經不會覺得意外了。

因爲蘇菲亞飾演的田氏跟色鬼飾演的莊周有好幾場對手戲，因此，色鬼有了很好的理由邀請蘇菲亞「單獨」排戲。吃飯也好，中間休息十分鐘的時間也好，他無時無刻不黏在蘇菲亞的身邊。

而蘇菲亞因爲我的拒絕，在戲班時開始刻意保持她跟我的距離，我想這很正常吧。畢竟一個女孩子如此主動卻被拒絕，一定是非常不好受的。

但在另一方面，魏旭飛可不知道這些事，他眼裡只看到色鬼對蘇菲亞

的糾纏，色鬼的舉動使得他跟魏旭飛之間的關係很快便破裂。

很快？有多快？告訴你，只有一天的時間。他們昨天見面後的那種親切和熟悉的感覺好像沒發生過一樣。

打架事件又發生了，一樣在晚上，一樣在致遠樓前面，因爲這部舞台劇的關係，致遠樓前面的小圓環旁似乎變成了羅馬競技場。事情發生的當時，我正在寧靜湖旁邊發呆，手機響了，一樣是大砲打來的。

「子東，又打架了。」大砲說。

「誰打架了？」我聽了有些驚嚇，但聲音依然冷冷的。

「魏旭飛跟色鬼。」

「喔。那魏旭飛贏定了。」驚嚇過後，我聲音更冷地說。

「嗯。剛剛我跟小管才在對賭，他說色鬼看起來練過健身，應該會贏，我說魏旭飛的殺氣超高的，魏旭飛一定贏。」

「結果呢？」

「小管當然輸了，魏旭飛是一見色鬼就狠狠地從鼻子補一拳，當場KO。秒殺！」大砲像個轉播員似的。「不過，你爲什麼知道魏旭飛贏定了？」

我只是呵呵笑，並沒有回答大砲。因爲我知道魏旭飛有多喜歡蘇菲亞，色鬼不懂收斂自己，外放且怪異，無聊又莫名其妙的愛出風頭個性，遲早一定會被扁。

「你要來處理嗎？子東。」大砲問。

「處理什麼？」我回問。

「處理魏旭飛跟色鬼的事啊。」

「不用處理了啦。他等等就又要走了。他不是指被打敗的色鬼喔，而是魏旭飛。」我說，非常自信地說。

大砲在電話那頭還有點懷疑我的推測，但事實證明我是對的。果不其然，魏旭飛帶著超屌團，在公演前六天的晚上決定離開。他們並沒有當面通知我，只在致遠樓留下了字條，寫著：

找這個王八烏龜色鬼來演，陳子東導演，你這是在找死！我跟我的學弟妹們決定退出了，你看著辦吧！祝你順利了！

大砲跟小管隔天拿著字條給我的時候，我人依然還在寧靜湖旁邊發呆。他們很著急地問我該怎麼辦。

這時金教授也得到消息，打電話給我。

「子東！這是怎麼回事呢？」教授的口氣很急。

「教授，我……我想了很久，有些事，我今天要跟你說，在說之前，我想先跟你說聲抱歉。」我說。

教授在電話那一頭不安地靜默，大砲跟小管在我旁邊揪著眉頭看著我。寧靜湖的湖畔今天沒有半點風，蟬鳴叫得像是在替我吶喊。

昨夜我回到家的時候已經是半夜三點半，安安一個人坐在椅子上盯著電腦螢幕。我想我的回家時間與她跟我約定的「盡量早一點」來說，是已經晚了太多太多了。

我慢慢走近她，我想說些話，但不知道該說什麼。我看見她的螢幕裡，是一篇密密麻麻的文件，她正在用Word寫東西。

「嗯。你回來了？」她的語氣是冷淡的。

「嗯。對不起，今天……呃……比較忙。」我說。

「忙？忙什麼呢？」

「我在等那個災難，我已經跟妳說過了。」我開始用謊言來

掩飾我的錯，雖然我眞的沒有對不起安安。

「那個災難在吃完晚飯之後就到了，你有跟我說嗎？」

「啊！」我大驚，心跳驟然加快。

這時安安站了起來，把螢幕的電源關了，似乎不讓我看見她寫了些什麼。她回過身，面無表情但眼神卻很銳利地看著我。然後她走近我，在我身上聞了一會兒。

「這是蘇菲亞的香水味。」她說。

「這是你的謊言。」她指著我脖子上的草莓說。

媽的！該死！又有草莓！

18

很多閃光燈在我面前閃個不停，幾十支麥克風幾乎擋住了我的視線。我只是想快點進到記者會的現場，但這途中舉步維艱，好多記者不斷地推擠我，攝影機的燈光把我的眼睛照得花了，我就快看不清楚眼前的路。

替我開路的依然是大砲跟小管，他們從事件發生的一開始到現在，一直都不曾離開我的身邊，我真的非常感謝他們。

「我就要開記者會說明了，請大家先別急著現在問，好嗎？」在往記者會現場的途中，我不斷地這麼對記者們說。

這是公演前三天的下午，一個很糟糕的下午。

三天前超屌團離開後的那個下午，金教授跟我，還有大砲跟小管，四個人在辦公室裡「商討」事情該怎麼解決。在這之前，金教授已經接到中華電信主辦這個活動的負責人的電話，說這個活動要擇日重新舉辦，並且將在貳週刊所刊載的事件查明確定之後，立刻開記者會停止並取消我的冠軍頭銜。

魏旭飛跟色鬼打架，以及超屌團離開戲班的事情，在這一刻似乎都已經不再重要了。

因爲貳週刊刊載了我最害怕的那件事。

「貳週刊爆出〈去他的莊周〉這篇文章是抄襲之作的新聞，還字字句句找出你當初的抄襲處，」金教授把貳週刊丟到我面前的地上，「這事是眞的假的？」他表情嚴肅地問著，牆上那面大鐘的秒針滴答滴答地跳著，每一秒都好清楚。

我跟大砲還有小管三個人面面相覷，心裡頭很虛很虛。我看著貳週刊封面的一角有我的照片，還有一個標題寫著：「頒給抄襲者冠軍，中華電信如何自處？」

一直都覺得八卦媒體下標題眞是力道十足、鋒利尖銳，沒想到有一天我會變成標題的主角。

我撿起貳週刊，大砲跟小管對我示意不要看，我確實猶豫了一會兒，但最後還是打開了。

「思念是一種試探」抄自某某私人部落格裡的一篇〈愛誰恨

誰〉，裡面有一段：「很深的思念一直在我心裡的某個地方累積，我曾經試探似的偷偷告訴他我對他的思念，他卻也試探似的告訴我，他也有很深的思念，但對象不是我。」

「就像大腸包小腸」抄自某個新聞台裡的一篇文章，是一個老師寫的，她說她每天替學生課後輔導，幾乎吃飯時間都不正常，還好習慣在傍晚的時候買些好吃的點心先墊墊肚子，有時候買的比較差一點，就像7-11的冷凍肉包一顆，買的好一點，就像大腸包小腸。

「看不見更叫人費疑猜，爲新情捨故人，難顧舊恩情」這一句呢，經國文專家鑑定之後，推測爲廢句，只是隨便寫寫湊湊字數而已。

哇銬，這都可以猜到？

「沒有妳」是流行歌曲歌詞，大約有數百首歌用過這三個字。情書大全也大約用過數百次。

「我家的貓咪都不抓老鼠」抄自一個和藹的母親爲自己的女兒架設的童年網站，該女童今年九歲，因爲害怕老鼠所以特別養了一隻貓，沒想到該貓不爭氣，見老鼠就躲，所以女童某天的心情記事便出現這句話。

「你啊你！躲在烏雲後面的太陽」抄自某個旅行者的自製網頁。原文爲「帶著你的遺憾，我來到天天都是豔陽天的希臘，但可惜的是，你啊你，無法看見這裡的風景，就像躲在烏雲後面的太陽，只能看得見烏雲，看不見美麗的希臘」。

「別枉費了我日夜祈禱」抄自某某私人部落格，該部落格名稱爲屌之部落。原文爲「眞的很希望能再一次感受到你當初的愛，因爲那種特別的感覺與眼神讓我難忘至今，我眞的希望能再與你回到那裡，一個我只記得楓葉是綠才美麗的地方。再帶我去好嗎？讓我實現這個簡單的希望，別枉費了我日夜祈禱」。

該死！我竟然不知道我有抄到屌面人的東西？

「失去你」是流行歌曲歌詞，大約有數百首歌用過這三個字。遺書暨祭文大全也大約用過數百次。

「我就是冰冷的月亮」抄自一篇比較李白與杜甫的文章，是大陸對岸的文章。裡面寫到「杜甫乃是詩界熱烈的太陽，而李白卻是冰冷的月亮」。

「我家的老鼠都在抓貓咪……」再一次抄自和藹的母親爲自己的女兒架設的童年網站，該女童今年九歲，因爲害怕老鼠所以特別養了一隻貓，沒想到該貓不爭氣，不抓老鼠就算了，還落魄到被老鼠抓，所以女童某天的心情記事便出現這句話。

看完之後，我眞是萬念俱灰，彷彿現在就是世界末日，對！就是現在，這一分這一秒就是。

「子東，其實……我也該給你拍拍手。」金教授說，他點了菸斗坐在他那張龐大的董事長椅子上。

「拍什麼手？」我無力，也已然一切都無所謂地問他。

「全部是抄襲的，你也能抄得這麼像一篇創意潛力十足的新詩，我眞該給你拍拍手。」

「謝謝教授……」我說。我不知道教授是不是話中有話，但那也已經不重要了。

人在特別脆弱的時候，就像精疲力竭地走過一片霧茫茫的冰原，心情跟空氣一樣零下三十度，唯一支持自己意念的，就是那一片冰天雪地當

中，那個曾經有過溫暖的地方。

就是安安。

然後，彷彿時光把我留在原地，把我的記憶帶到好久好久以前，我剛認識安安的時候。我有多麼喜歡她那很甜很甜的笑臉；我第一次打電話給她的時候有多緊張；我第一次約她吃飯看電影的時候身體有多顫抖；我說不出那句「我喜歡妳」的時候，安安有多直接地說出「你想說……你喜歡我……是嗎？」這句話，當時，我也從她的聲音中聞到羞澀的味道。

然後，片片紅色的葉子不斷地飄落，我跟她站在一大片樹林裡，陽光穿過樹梢，空氣寒冷，但心裡卻很溫暖。

「子東！陳子東！」教授的聲音把我帶回世界末日，我又聽見牆上那面大鐘的聲音。

「我在……我在聽。」我說。

「中華電信已經確定了，對方剛剛已經打電話來取消你的第一名資格，並且擇日重新比賽，不由次名遞補，大概晚一點就會舉辦記者會了。」

教授說完，我跟大砲和小管互看了一眼，大家都是一臉大勢

已去，準備接受後果的表情。我向他們兩個點點頭，表示我的感謝。

安安離開我那天晚上，我跟她坐在床邊兩個小時，直到天已經亮了。兩個小時的時間，我們幾乎沒有說話，她看著她要提走的大皮箱，跟改天才要再回來搬的電腦，我則看著她一直無聲地掉著眼淚的眼睛和臉龐。

我想說些什麼，想跟她解釋我跟蘇菲亞沒發生什麼事，雖然我伸手撫摸了她，雖然我曾經幻想要跟蘇菲亞上床，但我終究沒有讓這件事發生，我想用我最後的一點點籌碼來跟她談，但我卻什麼都說不出來。

她嫌蘇菲亞的香水味非常噁心而戴上了口罩，當時是凌晨四點半，我們一句話也沒說地坐在床邊已經一個小時。安安手邊已經有一大堆用面紙包的水餃，我從不知道她哭是沒有聲音的，我試圖伸手過去拍拍她的肩膀，給一點愛憐和安慰，她卻斥喝說：「別碰我！」

這是她的第一句話。然後就是天亮後的五點半。

「你有沒有什麼話要說？」這是她第二句。

「不要走。」我說。

「憑什麼要我繼續留下？」這是她第三句。

「……」

「你愛過我嗎？」第四句。

「不是愛『過』，是依然。」我說。

「但太遲。」第五……

「……」

「你保重。」六……

我跟著她一直走到巷口，我想問她離開後要去住哪，至少別讓我擔心她會沒有人照顧，但話到嘴邊就吞回肚子裡，因爲我知道她會回我：「Not your business anymore!」

我在睡不著的情況下回到學校，天剛亮沒多久，寧靜湖裡那幾隻還沒被烤成燒鵝的天鵝一早就起來游水了。我躺在湖畔，然後開始偷偷地哭。

「抄襲是不對的，我爲我所做的事向社會大眾道歉，今天會開這個記者會，主要就是要公開地說明這件事的始末。我很遺憾在

距離公演只剩三天的時候宣佈公演取消，也很抱歉我是在這樣的情況下被取消公演的。」我說，在記者會現場。

「請問你爲什麼一開始不誠實地告知大眾那篇文章是抄襲的呢？」記者一問。

「我不敢誠實，我怕丟學校的臉，也怕丟自己的臉。」我說。

「你可能會被中華電信告詐欺，你有什麼感覺呢？」記者二問。

「我沒有意見，我該負責的我就會負責。」我說。

「貳週刊說他們手中還有你跟蘇菲亞的約會照，下一期就會爆料，你對此有什麼感覺？」記者三問。

「隨他們爆吧。我跟蘇菲亞沒有發生任何關係。」我說。

「你現在脖子上有個類似吻痕的紅斑，那是蘇菲亞做的嗎？」記者四問。

「我拒絕回答。」我丟光自己的臉，但總得爲蘇菲亞保留她女孩子的自尊吧。

「中華電信在三天前宣佈要擇日再舉行比賽，藤井樹當天也在記者的追問下表示他會再參賽，你這次會真正地拿出自己的實力，寫一篇文章參

賽嗎？」記者五問。

「我不會參加了，再一次跟中華電信說抱歉。」我說。

「那麼你也不會完成〈去他的莊周〉這本書囉？」記者六問。

「怎麼完成？意義在哪？對了，在此跟商周出版說聲抱歉。」我說。

「現在你有什麼感覺呢？陳子東。」記者最後問。

「沒有，我什麼感覺都沒有，我只想去找我的女朋友。」我說。

尾聲總有某種寂寞感會特別明顯而靜默。

19

安安的電腦，從她離開那天到現在就一直沒有關過。

樓下的SNG車跟記者還在守候，原本寧靜的巷子變得吵雜，大砲跟小管累得睡在我家的沙發上。

一切都變得很空很空，所有的擺設都只剩下我的東西。

我打開衣櫥，只剩下我的衣服；我打開衣櫥裡的抽屜，只剩下我的內衣褲；我走到大書架旁，只剩下我的漫畫和課本；我走到廚房，只剩下我的杯子和碗筷；我走到浴室，只剩下我的浴巾和牙刷；我走到我的書桌前，一樣零亂，但安安的卻很空很空，只剩一台輕聲嗡叫，像不停地在嘆息的電腦。

我的手機不斷地響起，盡是一些沒看過的號碼。不需要猜是誰打來的，因爲都是樓下的記者先生小姐們想搶獨家的電話。我把手機設成震動，走進浴室裡洗了把臉。

爲什麼我不把手機關機？因爲我怕安安打電話給我，說她想回來（雖

然這是我在癡心妄想）。

我坐到電腦前面，腦袋裡盡是一大堆所謂的「報應」，像惡狼一樣地向我撲來。什麼報應？學校會不會因此覺得有損校譽就勒退我？我的教授們和同學們會不會開始排擠我？崑曲社的侯社長跟社員們會不會見我一次就砍我一次？色鬼來了幾天卻一毛錢都沒有拿到，他會不會來扁我？超屌團雖然遠在藝術大學，但他們會不會落井下石，在媒體採訪他們的時候污衊我？蘇菲亞會不會開始恨我？

安安會不會從此不再給我機會回到我身邊呢？

電腦螢幕右下角的MSN不斷有人丟訊息過來，樓下的記者先生小姐們也開始不打電話改傳簡訊，我索性關掉電腦螢幕，把手機丟到枕頭底下。

這個時候，我只圖一些清靜。

安安的螢幕保護程式是我跟她一起出去玩時拍的照片，我坐在沙發的角落，旁邊的大砲鼾聲很大很大。我看著那螢幕保護程式的照片一張一張地變換，我開始用我的哭聲跟大砲的鼾聲較勁。

我走到安安的電腦前，碰了一下滑鼠，螢幕保護程式瞬間消失，畫面出現她走之前沒有關掉的Word檔。

我以爲她用Word檔寫了一封離別信給我，但其實沒有。

Word檔裡的東西，是一篇篇的詩。

什麼詩？新詩。

詩的數量大概有上百篇，詩名大都是兩個字，然後標上一二三四五，像是用新詩在寫小說，分集分段落這樣。

不過，這些詩的數量跟怎麼分集分段都不是重點，重點是，我在那些新詩中，看見了一篇非常非常熟悉的文字。

我想念的那個春天，有一封用綠色楓葉寫成的信件。
誰說楓葉一定要紅色的才美？
經過一整個冬天，度過百多個寒夜，
依然沒有變紅的楓葉，更是特別。
你用綠楓葉寫了一整個春天送給我，
我感動著，卻無法回送你更特別的。

「沒關係。」你說。

「因爲我只是你的緣楓葉，你卻是我生命裡的春天。」

然後，彷彿時光再一次把我留在原地，帶著我的記憶到好久好久以前。我第一次牽她的手是在學校的步道上，當時天微暗，我的手心因爲緊張而流汗；我第一次親吻她是在她生日時的女生宿舍外，我帶她玩了一個晚上，天剛亮，宿舍門還沒開，我在門口旁輕輕地吻了她。

時光又往前跑了一些，來到我剛跟她決定在一起的那個地方。

然後，片片紅色的葉子不斷地飄落，我跟她站在一大片樹林裡，陽光穿過樹梢，空氣寒冷，但心裡卻很溫暖。

我在地上撿起了一片沒有變紅的楓葉，用事先就準備好的簽字筆寫了一句「我很愛妳」，然後偷偷地放在她的小皮包裡。

她發現了之後，眼睛裡滿滿的高興的淚水，只要眨個眼睛，那珍珠淚就會崩潰。

她問我說：「這是我收過最美麗而且無價的禮物，我沒辦法給你更特別的。」

我回她說：「沒關係，我只給了妳一片綠楓葉，而妳給了我生命裡的春天。」

「我知道她在哪裡了！」我大叫著：「我知道她在哪裡了！」

大砲跟小管被我這麼一叫給驚醒，他們揉著眼睛罵我：「你是在銹天喔！」

「我知道安安在哪裡了！」我高興地拉著他們。

「在哪？」大砲問。

「在我跟她決定在一起的地方。」

「那是哪裡？」

「奧萬大。」我說。

「奧……奧萬大？」他們的眼睛睜得好大，一臉驚訝，「你怎麼知道？」他們異口同聲地問。

「因爲，安安就是屌面人！」我說。

他們沒再說話，因爲他們沒辦法說話，他們的下巴都在地上，他們的眼睛都比平常大上兩倍。

「想一想，屌面人參賽的文章是什麼？」我說。

「呃……什麼思念是一種試探，像大腸包小腸。」大砲說。

「你是白癡喔！」小管從大砲的後腦勺敲下去，「那是子東寫的啦！」

「是那個……呃……什麼綠色楓葉寫成的信件，什麼生命裡的春天的，對吧？」小管說。

「對，就是那個。我跟她在奧萬大的時候，用一片綠楓葉寫了一句『我很愛妳』給她，她當時還高興得說不出話來。」

「那她爲什麼要用屌面人來當她的暱稱呢？」大砲問。

「這我也不知道，走！我們一起去問她！」我快速地穿上鞋子，拿了摩托車鑰匙。

「去哪問？該不會去奧萬大吧？」他們兩個苦著臉說。

「去不去？不去拉倒！」

「媽的！該死，上輩子欠你的。」在我衝下樓的時候，大砲穿好鞋子走出門口，嘴裡咕噥著。

家門口還有巷口依然是人山人海的左右鄰居和記者，他們一見我們出來便上前包圍。記者開始又重複問著問過的問題，我一個字也沒回答。

我只是挑了不知道是哪家電視台的攝影機，然後對著鏡頭說：「安安，妳看得見我嗎？我知道妳在哪裡！我就要來找妳了，妳在原地等我，我馬上就來！」

我、大砲還有小管三個人，騎上機車衝出人群。後照鏡裡所有的記者都在追逐著我們。

但我只有一個念頭，「我要去找我的女朋友。」我心裡這麼說。

人生真像一部電影，總在最後才發現真相，總在最後才要珍惜。

【全文完】

國家圖書館出版品預行編目資料

學伴蘇菲亞／藤井樹著.-初版--台北市 ：
商周出版；家庭傳媒城邦分公司發行；民94
面： 公分. --(3/4文學；18)

ISBN 986-124-529-4（平裝）
857.7
94021519

學伴蘇菲亞

作 者 ／藤井樹
責任編輯 ／楊如玉

發 行 人 ／何飛鵬
法律顧問 ／中天國際法律事務所 周奇杉律師
出 版 ／商周出版
台北市 104 民生東路二段141號9樓
電話：(02)25007008 傳真：(02)25007759
e-mail：bwp.service@cite.com.tw
發 行 ／英屬蓋曼群島商家庭傳媒股份有限公司城邦分公司
台北市 104 民生東路二段141號2樓
讀者服務專線：0800020299
24小時傳真服務：(02)25170999
讀者服務信箱：cs@cite.com.tw
劃撥帳號：19833503
戶名：英屬蓋曼群島商家庭傳媒股份有限公司城邦分公司
香港發行所 ／城邦（香港）出版集團有限公司
香港灣仔軒尼詩道235號3樓
電話：(852)25086231 傳真：(852)25789337
e-mail：hkcite@biznetvigator.com
馬新發行所 ／城邦（馬新）出版集團
Cite(M)Sdn. Bhd.(458372U)11, Jalan 30D/146, Desa Tasik,
Sungai Besi, 57000 Kuala Lumpur, Malaysia.
電話：(603)9056 3833 傳真：(603)9056 2833
e-mail：citecite@streamyx.com

版型設計 ／小題大作
劇照提供 ／一同電影
封面設計 ／斐類設計
電腦排版 ／普林特斯資訊有限公司
印 刷 ／鴻霖印刷傳媒事業有限公司
總 經 銷 ／農學社 電話：(02)29178022 傳真：(02)29516275

■2005年（民94）11月30日初版 Printed in Taiwan.

售價／200元

ISBN 986-124-529-4

商周出版

廣 告 回 函
台灣北區郵政管理登記證
台北廣字第000791號
郵資已付，免貼郵票

104 台北市民生東路二段141號2樓

英屬蓋曼群島商家庭傳媒股份有限公司城邦分公司 收

請沿虛線對摺，謝謝！

商周出版

書號： BL8018　　**書名：** 學伴蘇菲亞

請於此處用膠水黏貼

商周出版

讀者回函卡

謝謝您購買我們出版的書籍！請費心填寫此回函卡，我們將不定期寄上城邦集團最新的出版訊息。

姓名：________________________________

性別：□男　□女

生日：西元 ________ 年 ________ 月 ________ 日

地址：________________________________

聯絡電話：________________ 傳真：________________

E-mail：________________________________

學歷：□1.小學 □2.國中 □3.高中 □4.大專 □5.研究所以上

職業：□1.學生 □2.軍公教 □3.服務 □4.金融 □5.製造 □6.資訊

□7.傳播 □8.自由業 □9.農漁牧 □10.家管 □11.退休

□12.其他 ________________

您從何種方式得知本書消息？

□1.書店□2.網路□3.報紙□4.雜誌□5.廣播 □6.電視 □7.親友推薦

□8.其他 ________________

您通常以何種方式購書？

□1.書店□2.網路□3.傳真訂購□4.郵局劃撥 □5.其他 ________

您喜歡閱讀哪些類別的書籍？

□1.財經商業□2.自然科學 □3.歷史□4.法律□5.文學□6.休閒旅遊

□7.小說□8.人物傳記□9.生活、勵志□10.其他 ________

對我們的建議：________________________________

____

____

____

請於此處用膠水黏貼